LA SUTURE

Sophie Daull est née dans l'est de la France. Comédienne, elle vit à Montreuil et travaille partout. *Camille, mon envolée* a reçu le prix du meilleur premier roman de *Lire* en 2015.

Paru au Livre de Poche :

CAMILLE, MON ENVOLÉE

SOPHIE DAULL

La Suture

ROMAN

PHILIPPE REY

ISBN : 978-2-253-07073-3 – 1re publication LGF

À Camille

Ce que sont les meilleures mères, une seule phrase peut le dire : elles se donnent et elles s'en vont.

Christian Bobin
La plus que vive[1]

1. Gallimard, 1996.

Ma mère avait 26 ans quand je suis née, 45 quand elle est morte, moi 19.

Elle n'a donc jamais connu ma fille, qui est née quand elle en aurait eu 58, j'en avais 32.

Ma fille est morte à 16 ans, quand j'en avais 48, ma mère en aurait eu 74.

Si l'on considère que ces deux disparitions furent, selon la formule consacrée, brutales, quelle est la probabilité que ces deux mortes bavardent au ciel ?

Voltigeante arithmétique.

On dirait un énoncé de problème de maths, avec des trains qui déraillent et des robinets qui fuient. Sauf que là, ce sont des vies qui fuient et des destins qui déraillent.

De cette mathématique du fracas et de la perte, je vais poser une équation à deux inconnues : le passé de ma mère, le futur de ma fille. Brouillons éternels. Clairement, ces deux inconnues le resteront pour toujours.

Je vais reprendre le fil générationnel que la mort a trouvé marrant de couper entre ses dents, telle une couturière capricieuse et impatiente, et je vais raccommoder les trous, faufiler des pièces aux coudes et genoux de ce grand squelette prématurément décharné. Je vais les coudre ensemble.

De Camille, ses yeux bleus, son amour immodéré du Nutella, son envolée tragique un soir de réveillon, j'ai déjà parlé. C'est un livre maintenant. Un *être de papier.*

De Nicole, on peut dire qu'on ne sait rien. Les 26 années qui précèdent son mariage, immédiatement suivi de ma naissance, sont plongées dans un grand mystère.

Elle s'est toujours tue sur sa jeunesse avec une obstination farouche. Elle égrainait un discours qui tenait lieu de vérité : une sorte d'argumentaire formaté, tel que les moulinent les bonimenteurs de foire ou les représentants de commerce. Nous nous sommes vite lassés de l'interroger plus avant : le ton de sa voix balayant nos questions avait une autorité tranchante – la seule que je lui aie jamais connue.

Pour que ce silence ne soit pas non plus le signe d'une grossière impolitesse, ou la marque criante d'un passé comme par exemple le cachent les repris de justice, elle distillait quelques infos au compte-gouttes, son grossier canevas qui nous laissait sur notre faim, et n'avait pour effet que d'épaissir le mystère. Nous nous en contentions cependant, car elle était pleinement avec nous, sans ombrage, sans échappées douteuses, aimante, vivante.

Pour nous autres, c'est comme si sa vie avait commencé ce jour de printemps 1964 où elle a rencontré mon père. Comme si tout ce qui avait eu lieu avant n'avait jamais existé.

La femme qui aurait pu être la grand-mère de Camille était petite, très menue, avec des yeux noisette et brillants, qui n'a jamais su faire du vélo. Je l'ai toujours connue les cheveux coupés court, un peu comme Annie Girardot, ou Jean Seberg, mais en brune. Elle avait une façon de pencher la tête de côté qui lui donnait cet air irrésistible des ingénues de faubourg.

On disait d'elle qu'elle avait « du chien », expression mystérieuse, sans doute à cause de l'art qu'elle avait d'enfiler n'importe quelle guenille trouvée au pied du lit, et de la porter comme un Courrèges ou un Chanel, sur son petit corps vif et pressé.

On disait aussi d'elle qu'elle avait les nerfs fragiles, sans doute pour les mêmes raisons.

Je lui ai connu deux parfums : « Femme » de Rochas, et « Opium » d'YSL, tous deux bien trop lourds pour elle. Elle passait l'aspirateur avec une clope au bec, pendant qu'une autre finissait de se consumer dans le cendrier de la cuisine, ou dans le cendrier de la salle de bains, ou dans le cendrier du salon. Elle fumait clope sur clope – des Gitanes sans filtre, jamais dans la rue, question de principe.

J'ai mis longtemps à comprendre que le sparadrap qui entourait son majeur droit dissimulait non pas une plaie, mais le noir de la nicotine incrustée sous la pulpe du doigt. J'ai aussi mis longtemps à comprendre que, si elle refusait de m'aider à réviser mes leçons, ce n'était pas pour m'encourager à l'autonomie ou à développer mes propres méthodes de travail, mais parce que les noms de Stendhal ou de Flaubert, de Talleyrand ou de Danton lui étaient parfaitement inconnus. Le mot « bled » l'a longtemps plongée dans des abîmes de perplexité, parce qu'il évoquait pour elle le village arabe plutôt que notre manuel de grammaire, celui d'Odette et Édouard. Elle collectionnait sans passion des objets inutiles : des œufs en albâtre, des boîtes à pilules. Elle n'aimait pas le sucre, en dehors d'une unique pâtisserie qu'on appelle pithiviers : un dérivé de la galette des rois à la frangipane, présenté en rectangles dorés, et dont elle raffolait, au point d'en ingurgiter plusieurs en une seule fois, malgré son appétit d'oiseau. Elle détestait faire à manger. De toute façon, la fadeur et le manque d'imagination de sa cuisine nous ont vite poussés à prendre le relais. Elle exigeait, prête à tourner de l'œil, qu'on éloigne d'elle les bouquets de mimosa. Elle disait que ça lui était pénible parce que ça lui rappelait la chambre d'hôpital où était morte sa mère. Mais quand on lui demandait « C'était où ? Elle est morte de quoi ? », elle trouvait une dérobade très calculée et ne donnait pas suite. Elle éprouvait un authentique dégoût pour la maladie, les plaies, le sang, l'avarie sous toutes ses formes. Elle parlait très bas, il fallait souvent lui faire répéter, et je ne me souviens pas de son rire.

Cette femme avait donc des secrets dont j'aurais évidemment imploré la confidence si j'avais su qu'elle ne serait jamais une vieille dame, une placide aïeule qu'on peut questionner sur le tard, quand il y a prescription. Ils sont désormais enterrés, ou plutôt brûlés, disparus à jamais ; puisque les cendres dans l'urne ont mélangé sans distinction les os et les secrets.

Pour reconstruire la trame de la jeunesse de ma mère, je dispose toutefois de quelques indices, fragments de réel objectifs, qui tiennent dans une boîte à chaussures, où mon père a dû rassembler les rares effets très personnels de son épouse au lendemain de sa mort. On y trouve :

Une série de photos en noir et blanc, petit format à bord dentelé, non datées, non légendées, prises sans doute le même jour et en grand nombre. On y voit inlassablement les mêmes protagonistes : une femme d'un certain âge, dans un vêtement sans grâce qui hésite entre la robe et le tablier, et une enfant d'environ un an, dont on peut supposer qu'elle est ma mère. Tantôt l'enfant, très réveillée, est dans une poussette, qu'on appelait alors voiture d'enfant ou landau ; tantôt elle fait ses premiers pas : on voit la poussette abandonnée sur les bords du cadre, et la femme penchée au-dessus du corps bancal de la fillette, le dos ployé, les mains saisissant par-derrière les petits doigts crispés pour assurer la marche. Le décor est une route en côte, un faubourg rythmé de platanes et de pavillons, qui aujourd'hui ne porte plus de nom, juste le numéro d'une départementale, de celles qui transforment vite en campagne monotone la sortie des petites villes.

La boîte à chaussures renferme également :

Deux photos de classe non datées, où on reconnaît ma mère, la fameuse petite brune à la fois piquante et effacée, vers 12, 13 ans. Au premier rang les élèves assis en tailleur tiennent une ardoise sur laquelle on peut lire, tracé à la craie en cursives appliquées : « École Sainte-Thérèse – Le Blanc – Ville Haute ».

Plusieurs autres photos sans mention de date ni de lieu. Certaines où ma mère figure, adolescente, en pied devant d'énigmatiques arrière-plans ; d'autres où l'on ne voit qu'un bâtiment, ou un véhicule, ou un pont, sans personnages.

Des vignettes comme on en garde dans les missels, avec des dessins en relief sur le carton gaufré, qui représentent des vierges en aube, un cierge à la main, ou des arbres sur lesquels se perchent des rouges-gorges et des mésanges qui délivrent la Parole de Dieu. Des enfants d'environ 13 ans, qui font encore des pâtés avec leur plume, ont écrit : *En souvenir de ma communion solennelle, Le Blanc, 1954.* C'est signé Monique, Clara ou Denise. Deux vignettes portent une mention moins impersonnelle : ses amies lui souhaitent *beaucoup de courage dans l'épreuve que tu traverses.*

Sept cartes postales qu'elle a reçues. Une adresse à Coulommiers. Une adresse au Blanc. Une à Contrexéville. Quatre adresses à Belfort. Souvent le tampon de la poste est illisible ou effacé. Ce ne sont jamais les mêmes expéditeurs.

Des bulletins de paie.

Une lettre manuscrite dont l'encre s'efface, que la sœur de ma mère, Paulette, son aînée, adresse à un certain Fernand, où elle se plaint de la conduite délurée de sa cadette.

Je détiens également l'enregistrement, sur une cassette de dictaphone, d'un entretien que ma sœur a réalisé avec ladite Paulette, il y a dix ans.

À cette époque Delphine avait entrepris une démarche similaire à la mienne : remonter la piste, percer les secrets. Ce qui l'a conduite à interroger la sœur aînée et survivante.

Pas con.

Paulette crache quelques morceaux à peine audibles qui grésillent dans le dictaphone. On croit deviner vers la fin une révélation notoire, mais la qualité sonore est tellement mauvaise que ce qui aurait pu être un filon se révèle majoritairement inexploitable. Pour finir, on entend vaguement les deux femmes se promettre une nouvelle rencontre où Paulette livrerait photos et documents. Elle est morte entre-temps.

Pas de chance.

Je peux donc broder, comme on dit mentir. Je vais tisser une étole à réchauffer mes mortes, composer une histoire à me repeupler, pour épaissir mon sang que l'absence du leur a rendu trop liquide, trop rapide – un torrent tout fou où ne battent que ces chiffres, plus jamais les saisons. Je vais inventer leurs hivers et leurs printemps, ranimer leur souffle éteint, repulper leurs lèvres aimantes dont j'aimais tant les baisers.

C'est parti.

Je commence quand ma mère était dans le ventre de la sienne.

COULOMMIERS

1

La scène se passe dans un café de sous-préfecture de Seine-et-Marne, un mois avant la mobilisation générale de ce qui devait porter plus tard le nom de Deuxième Guerre mondiale. L'établissement fait aussi ÉPICERIE-TABAC-CHARBON, il s'appelle Le Montana. Il est tenu par Émile et Charlotte Rapaille, mes grands-parents. Derrière le comptoir se tient une femme plus lourde du poids de sa faute que de l'enfant qui habite son ventre. C'est ma grand-mère. C'est Charlotte. Elle porte une robe boutonnée devant à l'imprimé défraîchi, ses seins trop lourds débordent du décolleté, elle a rassemblé ses cheveux noirs en une esquisse de chignon, de ceux qu'on fait à la hâte avec trois épingles et sans miroir ; elle a mal au dos et aux jambes, et s'étire en arrière, les mains sur les hanches, pendant que le café s'égoutte dans le porte-filtre entre deux rasades d'eau bouillante.

Il fait très chaud. Tableau prolo avachi dans la chaleur d'août et l'angoisse de l'actualité. Sensations poisseuses aux tempes, à la moustache, au creux des mains et sur les mazagrans. Guêpes flottantes à la surface des Suze et des Guignolet, mouches suicidées en masse sur les serpentins de papier Tanglefoot. Les congés payés ont divisé par deux le nombre de clients ; Charlotte ne s'en plaint pas : moins de travail, elle peut même parfois s'asseoir quelques minutes en salle, poser ses fesses mafflues sur le banc de bois rêche, et se laisser étreindre entre les pinces de deux catastrophes annoncées : la naissance et la guerre. Alors son regard se fixe sur un nulle part couleur mal de mer, et dans ses yeux vert d'huître, on peut compter les vaisseaux qui ont pété. Larmes ? Fatigue ? Maladie ?

C'est souvent à ce moment-là, pendant ce répit qui ne repose rien, qu'on entend des sabots nerveux dégringoler l'escalier communiquant entre le logement là-haut et le café, et que, telle une tornade de vents toxiques, déboule Paulette, 13 ans, la fille de Charlotte, une future aînée désormais, stridente dans ses aigus, une paire de ciseaux ou un lacet à la main, de retour d'une lutte féroce contre l'ennui qui aura coûté ses moustaches au chat ou la vie à une souris. La tornade, grinçante et volubile, colonise sa mère, s'entortille autour de son corps depuis le chignon bancal jusqu'aux chevilles, où battent des cordons veineux gonflés par la chaleur. Avec des insistances de chauve-souris, elle harcèle le gros ventre où on commençait enfin à s'endormir. Charlotte s'extrait de sa torpeur, délaissant les catastrophes à venir pour ce présent catastrophique : la gosse qui a faim, qui va déranger la belote des clients, qui renversera le verre de lait, qui voudra passer derrière le bar pour tirer une pression, inondant le zinc de mousse puante, qui fera exprès de bousculer sa mère dans l'espace trop étroit entre le comptoir et les frigos, et hop ! un coude dans le ventre, ping, oh ! pardon.

Paulette a eu son certificat d'études en juin, l'école n'est plus obligatoire, et Émile, son père, compte bien la soustraire à cette foutue mode des études dites supérieures, qui fait que toutes les filles se rêvent en institutrices, pour la coller en salle quand la fin de ces foutus congés payés aura ramené la foutue clientèle à l'usine, donc au Montana. En semaine le service du midi nécessite un extra ; avec Paulette si mignonne dans son tablier amidonné où le nœud-nœud tamponne son joli cul, plus besoin d'embaucher, l'affaire restera en famille. Paulette l'a bien compris, en bonne fifille à son papa ; alors la gargote, c'est déjà son royaume ; et la baleine fatiguée en robe à fleurs qui y circule hébétée du matin au soir comme une vieille reine malade n'a qu'à rester à l'étage, avec les restes du chat et les corbeilles de linge sale qui débordent.

« Viens m'aider à plier les serviettes. » Charlotte détache la gamine de son corps comme on arrache une tique, et se dirige vers l'arrière-salle, où un gros bahut massif rapporté des colonies par un cousin lointain, abrite tout le linge. Il y a bien longtemps que Charlotte a renoncé à chercher à savoir ce que pouvaient bien représenter ces motifs compliqués sculptés dans le bois sombre, arabesques grimaçantes, rosaces mystérieuses, serrures bizarres, clés dorées comme celles des malles aux trésors qu'elle a vues dans les illustrations des livres de Monsieur Jules Verne. Ce meuble lui a toujours inspiré une peur irraisonnée en même temps qu'une exotique fascination. Elle se penche péniblement et ouvre la porte de droite, toujours étonnée par la densité du bois, comme si un esprit sauvage était logé dedans, et à défaut de merveilles orientales n'en retire qu'une pile de serviettes à carreaux rouges et blancs en cotonnade grossière. La gosse, qu'elle croyait sur ses traces, a bifurqué vers les genoux de Marcel, l'habitué, le poivrot, le couperosé, qui attendait ce moment, qui n'attendait que ça : la p'tite Paulette sur ses genoux, qu'a bien grandi pendant ces vacances, qui sent l'herbe coupée et la sueur aigrelette des prépubères. Charlotte renonce à gronder sa fille, et fourrage dans le coffre, essuyant au passage le voile de transpiration qui perle à son front. À moins que ce ne soit une larme, ou un filet de morve. Elle soupire plaintivement en entendant le bruit sec des deux sabots tombant sur le parquet, parce qu'elle ne touche pas terre, Paulette, quand elle est perchée sur la cuisse à Marcel. « Va chercher les dominos, cocotte, on va faire une partie. » L'après-midi s'étire dans le café désert, cliquetis des dominos sur le bois verni, silence des mains de Charlotte écrasant les arêtes du tissu comme on plie des faire-part de décès. Bientôt Émile va descendre de sa sieste, chacun sait que l'atmosphère va basculer, et chacun goûte sans l'avouer les dernières minutes comme avant l'orage, où l'on perçoit encore finement la paix géorgique, le scintillement d'une mouche poudreuse dans le contrejour, au loin un tracteur, l'odeur de miel d'une charrette qui vient de passer, chargée de regains.

Et effectivement, Émile apparaît. Ou plutôt sa voix le précède. Une sorte de ronchonnement tectonique, remâché dans sa bouche épaisse, qui dévale l'escalier comme une coulée de lave grondante. Émile est une éruption permanente de colère, l'incarnation du ressentiment, de la bêtise et de l'envie. Quand Charlotte entend cette voix, quand elle pose ses yeux sur cette silhouette, elle repense à sa mère murmurant à son oreille dans la cuisine de Vaudoy : « Ne va pas épouser ce butor ! » Butor – Stentor – Terminator.

Paulette lance un « Papa ! » strident tandis qu'elle quitte sa chaise avec fracas, bousculant la table où l'alignement des dominos s'effondre avec un bruit de mortier. Elle se précipite sur Émile et vient tirer tous les poils de son père : sourcils, moustache, thorax. Elle chatouille ce corps imposant, chahute ces chairs lourdes et puissantes ; elle espère avec une exaltation inavouable que vienne bientôt la bourrade paternelle qui l'enverra valser dans le décor. « Vas-y mollo, Émile, c'est quand même ta gosse, ce moustique ! »

Émile, l'œil sombre, la face haineuse, comme sur les dessins qui décrivent le Thénardier des livres de Monsieur Victor Hugo, s'avance dans la salle. Poum poum les gros sabots. Paulette a valsé dans le décor, et glousse de plaisir...

« Qu'est-ce que c'est que ce bordel ? »

Et c'est parti ! Des tombereaux d'injures se déversent. On dirait comme dans le conte où la méchante princesse est condamnée à voir sortir de sa bouche des bataillons d'animaux répugnants chaque fois qu'elle parle – des crapauds, des araignées, des vipères. Émile éructe : la facture de charbon, le cadavre du chat, son caleçon même pas raccommodé. Les fournisseurs ? Des escrocs ! Le président ? Une lavette ! Et ces Boches, y a qu'à les zigouiller jusqu'au dernier ! Tout y passe.

« Jusqu'au curé qu'est venu m'emmerder ! »

Aboiement ultime, avec regard appuyé sur le gros ventre de sa femme.

Sous la tempête, les yeux de Charlotte semblent perdus dans le vague, comme on dit. Mais à y bien regarder, ils fixent le dossier d'une chaise vide, non loin de celle de Marcel. C'est celle d'un autre habitué. Il est en vacances avec sa famille. Il s'appelle Fernand. Fernand est mon grand-père. Ce n'est pas ce qui est écrit dans mon livret de famille. Je le sais depuis peu. C'est le scoop du dictaphone.

Mais combien sont-ils, ici, dans cette scène de café, à savoir que le ventre de la patronne n'abrite pas l'enfant d'Émile ? Qui sait l'adultère, le flirt avec Fernand, la déroute conjugale des tauliers ? Qui connaît les bleus sur le corps de Charlotte ?

Tout le monde ?

Tout le monde sans doute...

Après avoir déchargé sa première salve assassine, le patron glisse sa panse terrible derrière le comptoir et se sert un tord-boyaux. Il est 17 heures dans l'août qui précède la guerre ; à 21 heures il ronflera volcaniquement, version nocturne des colères diurnes. Entre-temps il aura fini la bouteille, joué du ceinturon sur tout ce qui bouge, et avalé comme un goinfre les restes du lapin. Ce lapin-là, c'est Paulette, pour la première fois, qui l'aura cuisiné de A à Z. Le saisir dans le clapier, l'égorger avec le couteau de papa, presser sa vessie pour le faire pisser avant de laisser s'écouler le sang, le dépiauter, le vider – chaleur des viscères, odeur jubilatoire des entrailles fumantes –, le faire mariner dans la grande jatte remplie de vin rouge, oignon, laurier. Sacrée gamine. Bonne à marier. Une consolation.

Le café de mes grands-parents existe toujours. Il s'appelle toujours Le Montana, je l'ai retrouvé.

C'est devenu un kebab, posté presque invisible le long de la D402 qui quitte Coulommiers par le nord en traversant le hameau de Montanglaust. C'est dans une côte, et l'espacement entre les platanes est le même que sur les petites photos gondolées de la boîte à chaussures. Le bâtiment qu'on voyait en amorce dans le cadre est sans aucun doute celui devant lequel je gare ma voiture ce jour de juin. On le reconnaît sans peine : la terrasse légèrement en retrait de la route, les deux étages, le toit en pointe, les volets de bois, le crépi fatigué où la peinture de l'enseigne s'est presque entièrement effacée. Une maison toute simple, générique, on dirait un dessin d'enfant. Devant le bâtiment, seulement deux tables en plastique, pas de chaises, et une de ces grosses poubelles bleue Lego, en plastique elle aussi, de celles qu'on trouve devant les friteries ou les marchands de glaces, avec la tête d'un bonhomme jaune et hilare en guise de couvercle...

J'avais pris la route vers Coulommiers le cœur battant, la fenêtre ouverte laissant entrer dans la voiture de gros bouillons de printemps éclatant. En ce moment il s'exhibe impudiquement dans toute l'explosion de ses pompons roses et jaunes... Le lilas, la glycine, le colza soûlent les narines. Le coucou, le pissenlit saturent les talus. Cinquante nuances de vert s'étagent sur les collines, du plus tendre au plus profond. Les jeunes feuilles confectionnent une frondaison enfantine et balbutiante, pleine d'incertitudes, où les oiseaux s'ébattent avec des pépiements étonnés. L'arche des sous-bois se referme au-dessus de la route, les ramures de droite embrassant celles de gauche, fabriquant une cloche de verdure où il neige des pétales d'aubépine au moindre coup de vent, ça fait penser à ces boules qu'on retourne pour faire pleuvoir sur des sujets miniatures des paillettes virevoltantes. C'est la saison natale de Camille, qu'elle adorait, quand les jours couraient vers son anniversaire en délivrant successivement la primevère et le jasmin sur le chemin du lycée, promesses de récrés taquines au pied des marronniers où s'entassaient les cartables et les blousons.

Une fois sortie de la voiture, tout enivrée de cette sève qui fait presque mal, tout éblouie du plein midi, j'avise avec hésitation l'intérieur du café, qui par contraste présente une gueule de tunnel de train fantôme. Une femme entre deux âges apparaît, sortie des ténèbres. « Vous cherchez quelque chose ? » Je bredouille quelques explications, recherches familiales blabla, et deux minutes plus tard je me retrouve au comptoir devant un verre de rouge de table, acide et servi glacé.

L'intérieur est «dans son jus» comme on dit. Lourdes boiseries sombres, tapisserie à grosses fleurs marronnasses, nappes à carreaux, éclairage neurasthénique. Le soleil de juin ne franchit pas les vitres sales, repoussé par des années de nicotine incrustée pour toujours. Très vite, je comprends que la femme n'a rien à m'apprendre. Que ce nom, Rapaille, ne lui dit strictement rien. Je vois aussi qu'elle est enceinte, grossesse tardive. Je réalise surtout que la visite inattendue de cette Parisienne un peu chic en pleine quête généalogique lui fournit une occasion rare de parler. Dans son discours, les mots chômage, assurance maladie, indemnités, crise, médecine du travail, etc., reviennent régulièrement. Pendant qu'elle parle je vois à quel point ses traits sont tirés, creusés même, comme si la lymphe généreuse de la maternité future n'avait pu remonter jusqu'à ses joues. Le café est désert, obscur, présentant tous les signes d'une faillite annoncée. Seul un Arabe mutique garnit dans l'arrière-salle une vitrine réfrigérée, où il installe les bacs en alu contenant les ingrédients pour les sandwiches.

«Faudrait revendre, mais qui voudrait d'une affaire aussi pourrie?» La voix de la femme s'est assourdie dans les graves, aigre et pleine de rancœur. Je regarde l'heure. J'aurais aimé me rendre à la mairie avant la fermeture des services d'état civil, mais je n'ose pas prendre congé. Quitter brutalement les lieux me ferait l'effet d'abandonner la dame à sa détresse, à l'injustice... «Mais j'veux pas vous embêter avec toutes mes histoires ! » dit-elle dans un beau sourire en caressant son ventre. Nine – c'est son nom – me promet qu'elle demandera à sa propriétaire ce qu'elle sait des précédents. Nous échangeons nos numéros. Je quitte Le Montana, projetée dans la lumière du pimpant faubourg piqueté de massifs fleuris de toutes les couleurs. Je me retourne une dernière fois sur la façade : c'est ça, tout concorde. Comme sur les photos au bord dentelé. La vie de ma mère commence bien ici. C'est ce gravier qui a accueilli ses petits pieds de bébé quand il s'est agi de se tenir debout, d'entrer dans son devenir de petite femme verticale. C'est derrière ces volets que Charlotte a pleuré silencieusement neuf mois durant, cherchant un prénom, murmurant celui de son amant...

Que l'actuelle gérante attende un enfant fait monter une étrange émotion. Mais toujours dans cette enquête une question fera écran à l'épanchement sentimentaliste : qui a pris la photo ? Où sont les hommes ?

Nous nous saluons une dernière fois et je remonte dans ma voiture, direction Paris. Pas le temps d'aller en ville. Je reviendrai...

Je n'ai jamais revu Nine.

Plusieurs mois après, sans nouvelles d'elle, je l'ai rappelée. Elle s'est tout de suite excusée de ne pas avoir fait signe plus tôt. M'a expliqué qu'elle venait de traverser des moments vraiment difficiles. Que oui elle avait pensé à interroger sa vieille proprio. Que non ça ne lui disait rien du tout non plus.

Qu'elle était désolée. Qu'elle me souhaitait bonne chance. Qu'il fallait qu'elle raccroche, là.

Je n'ai même pas pensé à lui demander si l'accouchement s'était bien passé, si l'enfant qu'elle portait est né mâle ou femelle.

2

Continuons. Plaçons le curseur par exemple en juillet 1940.

L'enfant est née.

À la mairie de Coulommiers, le 18 septembre 1939 à 13 heures, un certain Henri Leroy, 41 ans, limonadier, a déclaré la naissance de Nicole, fille d'Émile et Charlotte Rapaille, les patrons du Montana.

Nul doute que l'arrivée de Nicole a dû faire jaser Montanglaust tout entier : ce couple déchiré par des scènes de ménage à répétition qui fait un enfant sur le tard (Émile a 42 ans, Charlotte 38), c'est louche... Et puis quand on voit la tronche que fait l'aînée depuis que le bébé est arrivé ! Et puis tout ce que le faubourg compte encore de bons yeux et de mauvaises langues a bien repéré les œillades du Fernand à la Charlotte.

Maintenant que je sais qu'Émile n'est pas le père de ma mère, je m'interroge, évidemment, sur les raisons qui ont motivé son consentement à la reconnaissance de l'enfant. Savait-il qu'il n'était pas de lui ? Si oui, ce qui me semble certain, quel intérêt a-t-il eu à lui donner son nom ? Certes, Émile est tenu par l'oseille, le café est à sa femme, c'est de notoriété publique. Mais, quel contrat secret a-t-il signé avec Charlotte ?

Le café se repeuple, Vichy démobilise en masse : bouchers, boulangers, employés du génie agricole, vétérinaires sont prioritaires pour le retour au civil. Il faut remettre la France au travail, il faut la nourrir. Les affaires reprennent. Et Le Montana absorbe les rancœurs de la défaite à coups d'anisette et de Clacquesin, sans compter qu'avec ce parfum de scandale domestique et cette histoire de cocu, le spectacle y est toujours garanti.

Les colères d'Émile fournissent plus d'anecdotes que la Blitzkrieg. La vue du taulier rugissant, insultant épouse et clients, virant tout le monde à coups de pompes dans le cul avant l'heure de la fermeture, tremblant de haine et de désir de meurtre, vociférant contre la terre entière au point de se taper la tête contre le zinc, le sang ruisselant à l'arcade, les plis de la bedaine renversant les derniers verres... tout ça c'est la vraie guerre, celle à laquelle on comprend quelque chose, celle qu'on peut rapporter dans sa maison, avec des sourires en coin et des clignements d'yeux, voire une certaine excitation qui stimule la virilité.

Faut dire qu'il en a gros sur la patate, Émile... Entre le manque de charbon, les réquisitions de la Kommandantur, les clients agités et la gosse qui pleure tout le temps, il se demande s'il a bien fait, finalement, de se déclarer le père de cette pisseuse, même si ça lui permet de garder Charlotte sous la main, pour les poules, la caisse, le linge et les godillots retirés les soirs de cuite... Charlotte magnifique, infatigable, rajeunie. Ce secret qui devait l'alourdir, l'enlaidir, l'élève à une joie de louve, une solitude intouchable, une impunité rayonnante. Le mouvement fusionnel qu'elle partage avec sa môme en fait une reine dans un royaume de serpillières et d'eaux de vaisselle. L'enfant a remodelé sa gorge, désépaissi ses hanches, adouci sa voix ; elle est belle, elle est forte. Les langes de Nicole sur le séchoir du jardin claquent au vent comme un drapeau de triomphe... Il en peut plus, Émile, ça le rend fou. Il est le dindon de la farce, sa bile est noire, une bile de fiente de poulailler, un vomi de vieux coq. Il devient encore plus violent, encore plus brutal. Le facteur et les petits livreurs boutonneux trouvent dès le matin une outre imbibée et beuglante dont ils redoutent les coups. Au fil des semaines, même les clients les plus salaces ne prennent plus guère de plaisir à l'attraction. Parfois, lassés, ils dérogent au rituel de l'apéro et rentrent plus tôt dans leur foyer, à la grande stupéfaction de leurs femmes, qu'ils privent ainsi de leur seule heure de paix, entre les poules et la soupe, quand elles s'asseyent enfin au coin de la table de cuisine, feuilletant peut-être un journal illustré, mais le plus souvent rêvassant, laissant flotter sur leurs lèvres un sourire indéchiffrable.

Seule Paulette, piquée d'acné et de rougeurs agricoles, apporte un réconfort à son père. Elle doit savoir, Paulette, elle a deviné. Elle attend sa vengeance. Dans sa tête il y a la phrase que sa mère n'a cessé de lui répéter depuis l'arrivée de ses règles : « Attention, ma fille ! Va pas t'amouracher d'un client ! Va pas fauter ! Sinon la belle robe blanche au mariage, c'est bernique ! » Sa mère a fauté, elle le sait. Ce bébé dans la maison n'est pas sa sœur, elle le sent. Et si son père est comme ça, c'est qu'il est fou de tristesse. Quelqu'un doit payer...

Le dimanche maintenant elle reste avec lui toute la journée. D'habitude la famille au complet passe le dimanche à la campagne, à Vaudoy-en-Brie, chez les parents de Charlotte. Mais depuis quelques semaines, Charlotte y va seule avec le bébé. Alors Paulette reste au café à dorloter son papa. Elle lui cuisine du lapin, se lance dans un gâteau, recoud les boutons manquants des bretelles, éloigne le kil de rouge de ses paluches velues, se risque à tirer sa moustache, à l'enlacer par-derrière en fourrant son visage dans le col de chemise tandis qu'il pique du nez sur la table de cuisine. Émile se laisse faire, comme anesthésié. Il ne gueule pas, ne frappe pas. Il se traîne vers une longue sieste d'où sa fille attentionnée le tire avec une tasse de chicorée, des habits de rechange pour la semaine à venir, propres, repassés, et un pyjama à gros carreaux qu'elle lui tend gentiment : « Mon petit papa, faut quand même te laver... » Elle a déjà fait couler l'eau. Sans même bougonner, Émile s'enferme dans la salle de bains. Paulette sait bien qu'elle n'a pas le droit d'entrer, qu'on ne doit jamais voir ses parents tout nus, mais elle est animée d'un tel désir de protection, d'une telle volonté de consolation, qu'elle brûle de pousser la porte, de faire mousser entre ses mains le pain de savon, et sans rien dire, de laver le dos de son papa, de masser sa nuque de bête à cornes, de chiffonner ses aisselles dans une écume à la lavande... Quand Émile sort de la salle de bains, le soir s'annonce. Il a serré sa vieille veste d'intérieur en molleton beige sur son pyjama, et chaussé ses pantoufles. Charlotte et Nicole vont bientôt rentrer de Vaudoy, la parenthèse enchantée va se refermer, les cris, les pleurs, les claquements de porte et les insultes vont reprendre comme une horloge reprend son tic-tac après qu'on l'a remontée. La confiture, le beurre, le saucisson ou le bouquet rapportés de la campagne n'adouciront rien. Paulette posera sur sa mère un regard plein d'orgueil femelle et de mépris jaloux : « Ben, tu vois cet homme ? Moi, j'arrive à le calmer, à le dompter. Moi, j'arrive à lui faire oublier ses malheurs ! » Après la soupe, tout le monde ira se coucher tôt, dans le souci de faire durer la trêve, dans l'effroi de la semaine à venir... L'armistice du dimanche soir a le même goût douteux que celui qu'a signé la France dans les semaines précédentes.

Maintenant Émile est allongé dans son lit, le jour n'a pas fini de finir, l'air est mauve foncé, avec de longues lumières farineuses.

À ce stade je ne parviens pas à trancher sur un certain nombre d'hypothèses qui s'ouvrent à ma fiction-reconstitution : Émile et Charlotte partagent-ils encore un grand lit ? Auquel cas, on la suppose à côté de lui faisant semblant de dormir. Ou bien font-ils chambre à part depuis la naissance de Nicole et l'aménagement d'une vague paillasse dans l'arrière-boutique ? Émile prie-t-il ? J'ai imaginé ce dimanche sans église, ni messe, ni curé ; mais peut-être ces gens étaient-ils très pieux ?

Je me laisse envahir par un accès de miséricorde pour Émile. Je me prends à accorder un cœur à l'ogre terrifiant. Le poison de l'alcool, de l'échec, des désillusions, a fait beaucoup de dégâts, certes ; mais dans ce dimanche soir d'été, le premier de l'Occupation, je me plais à imaginer Émile sur sa couche, plus sobre qu'à l'accoutumée, sentir monter du fond de sa gorge comme une envie de pleurer. L'odeur de lavande qu'exhale son propre corps convoque des souvenirs, le malaxe dans une guimauve sentimentale. Il pense à Vaudoy. Il est né là-bas lui aussi, ses parents y sont morts depuis longtemps. Il aimait bien les dimanches quand il était petit. Il partait braconner avec son père et ses frères, le lièvre, le faisan ; il pêchait parfois aussi, le goujon dans la Visandre. Et puis vers le soir, les grosses tartines de miel trempées dans le café au lait faisaient office de souper. Mais il y a eu la Grande Guerre, la boucherie, et voilà maintenant que les Schleus remettent ça, et que sa vie entière ressemble à une déroute militaire. Pourtant il était fier comme tout quand le mariage avec Charlotte lui a permis de quitter Vaudoy : la gérance d'un café en ville, c'est quand même autre chose que l'esclavage de la terre. Mais vaut-il mieux être un cafetier cocu ou un paysan respecté ? Émile s'endort sans qu'on sache finalement si les larmes ont roulé sur sa joue ou non.

J'y suis allée à Vaudoy-en-Brie (860 hab., alt. : 137 m) puisque effectivement l'acte de naissance de ma mère précise que c'est là que sont nés Émile (1897) et Charlotte (1901), eux-mêmes issus de deux familles du cru. C'est là également qu'ils se sont mariés en 1923, et que naîtra Paulette en 1925. C'est pour le moins ce qu'on peut appeler une souche, des racines.

Renseignements pris, le secrétariat de mairie est ouvert deux demi-journées par semaine. Je m'étais annoncée, la dame au téléphone m'avait semblé incroyablement prévenante, dévouée, peut-être même légèrement excitée à l'annonce de la visite prochaine de cette Parisienne qui fait des recherches généalogiques sur sa famille.

Je gare ma voiture un mardi matin d'octobre sur la place du village où stationnent également deux autres véhicules, pas un de plus. La mairie est une bâtisse à deux étages dont la façade est flanquée des inévitables géraniums, d'un morne drapeau tricolore fiché au fronton, et des lourdes initiales « RF » en fer forgé, fixées par de gros boulons qui s'oxydent et dont la rouille serpente dans les lézardes du crépi. Je décide de faire un petit tour du village avant d'entrer.

Sur la place se concentrent aussi l'école, fermée ; le monument aux morts, refait à neuf ; l'église, fermée également. Je m'en approche : un document punaisé sur le porche dans une pochette plastique embuée précise que l'office est célébré à Saint-Médard chaque deuxième jeudi du mois à 19 heures.

Saint-Médard !

Aussitôt la voix de ma mère carillonne dans mes oreilles. J'aurai l'occasion de redire combien elle chantait faux, mais soudain, je l'entends fredonner cette chanson des Frères Jacques, dodelinant de la tête et massacrant les aigus des rimes en [u] :

À la Saint-Médard mon Dieu qu'il a plu
Au coin du boul'vard et de la p'tit' rue.
À la Saint-Médard mon Dieu qu'il a plu
Y aurait pas eu d'bar on était fichus !
À la Saint-Médard mon Dieu qu'on s'est plu
Tous deux au comptoir en buvant un jus.
À l'abri dans l'bar on s'est tell'ment plu
Qu'on est sortis tard quand il a plus plu.

Est-ce que c'est l'hymne vaudoyen des fiers paroissiens qui lui collait à la mémoire ? Ce saint patron qui passait à la radio ?

À gauche de l'église commence ce qui doit être l'artère principale du village. On y trouve « Chez Dédé », un café qu'on devine fermé depuis des lustres, qui devait sans doute représenter le poumon du village si l'église en était le cœur. La devanture aux couleurs passées, quelque chose comme un gris moutarde, est condamnée par des grillages et de lourdes planches de bois. Pourtant il me semble entendre un vieux transistor cracher des pubs, et distinguer sous le rideau métallique un rai de lumière électrique. Étrange.

Face au café, une supérette tente de redonner un semblant de vie au village : « Coccinelle : dépôt de pain, fax-internet, relais-colis ». C'est fermé, mais ça ne semble pas aussi décrépit que le café. J'ai l'espoir que le magasin est encore en activité et que, s'il est fermé aujourd'hui, c'est uniquement parce que le mardi est le jour de fermeture hebdomadaire... Mais non, les affiches pour le prochain loto datent d'il y a cinq ans, tout comme l'annonce du gala des seniors à Coulommiers – navette gratuite. Je me sens dans une photo de *La France,* de Raymond Depardon.

Au-delà des commerces fantômes et des bâtiments institutionnels commence une suite de fermes de différentes tailles. Certaines sont encore en exploitation, fumier puant, bâches d'ensilage, tracteurs rutilants ; d'autres sont abandonnées, squelettes de machines agricoles, toitures effondrées, granges pourries. D'autres enfin ont été converties en maisons d'habitation, jouets dans le jardin, rideaux fleuris, fil à linge. Laquelle était celle de mes arrière-grands-parents ?

Le temps est gris, neutre ; ça ne sent rien. Cependant je gonfle mes poumons de cet air tout chargé de vieux pollen généalogique. Je surinvestis les lieux, je suis excitée moi aussi, je veux absolument trouver des images qui collent à ma fiction.

Par quelle route arrivaient-elles, Charlotte et son bébé, quand elles venaient le dimanche de Montanglaust ? Et comment y arrivaient-elles d'ailleurs ? En bus ? à pied ? en charrette ? Mappy.com me dit que Vaudoy et Coulommiers sont éloignés de 21 kilomètres ; 25 minutes en voiture, 4 heures 45 de marche, 1 heure 20 à vélo...

Je dessine, j'invente : je vois ma mère enfant trottiner dans un petit potager, s'accroupir dans un fossé en titillant d'une brindille la coquille d'un escargot ; je la vois, parmi sauterelles et libellules, pissant chaud dans ses langes en respirant une branche de seringa, je la vois narguant les poules, les chiens, les chats, les grenouilles, en attendant, pourquoi pas, elle aussi, une grosse tartine de miel... Oui. Ça s'est forcément passé comme ça. Sinon, d'où ma mère aurait-elle tenu cette science des fleurs ? C'est une chose qu'elle m'a transmise, un pan majeur de son héritage : le nom des fleurs; des fleurs des champs. Crocus, perce-neige, violettes, boutons d'or, calthas, coucous, marguerites, myosotis, clochettes, liserons, cœurs-de-Marie, sabots de Vénus, coquelicots, pissenlits, fleurs de carotte. Quelques plantes aussi, buissons et fruitiers : rhubarbe sauvage, églantine, aubépine, sureau, la mûre et la framboise bien sûr, le genêt, l'oseille, le gui, l'airelle. Rien de bien savant, aucun nom latin, un herbier ordinaire des campagnes françaises. À Camille j'ai eu le temps de passer tout ça. Elle était étonnée que je connaisse tous ces mots, les saisons, les parfums, le poison des baies. Alors oui, cette histoire des dimanches à Vaudoy, que Nicole passait fillette avec sa mère aimée et ses grands-parents déjà très vieux, pendant qu'Émile et Paulette rotaient le lapin et ruminaient leur bile à la cuisine, elle me convient. Elle absorbe une hypothèse qu'il me plaît de formuler, d'étayer par tout indice possible : celle d'un rapport possessif et farouche entre la mère et la fille. Une sorte de calque impossible, par rétrospection, de ce que Camille et moi avons vécu, dans le siècle d'après.

Toute à mes élucubrations bucoliques et filiales, après cette station rêveuse sur la place de Vaudoy-en-Brie que nul humain n'a traversée entre-temps, je me décide à pousser enfin la porte de la mairie.

Dans le bureau d'accueil, elles sont deux, deux bonnes femmes antipathiques, à lever sur moi un œil soupçonneux par-dessus leurs lunettes.

« Bonjour, je suis la personne qui vous a appelées vendredi, je fais des recherches sur la famille Rapaille. » Elles me toisent, se toisent l'une l'autre, on voit des ondes hiérarchiques circuler confusément : laquelle lèvera ses fesses ? Au bout d'un moment, sans un mot, la plus jeune se lève, se dirige vers de grands casiers et aboie : « Y vous faut quelle année ? – 1897 et 1901, les actes de naissance, s'il vous plaît. Et puis peut-être aussi les actes de mariage, mais je ne sais pas encore quelle année. » De nouveau les deux gardiennes du temple républicain échangent un regard ; celle qui est restée assise émet un sifflement bizarre, de ceux dont on ne sait jamais s'ils sont admiratifs ou ironiques. Ma guide trouve les registres demandés, croûte de porc bronze et lettrage gravé en vieil or, elle les plaque jalousement contre son giron, et d'un coup de menton copié sur la maîtresse d'école qu'elle rêvait de devenir, m'enjoint de pousser une autre porte.

Ce faisant je pénètre dans une salle qui doit être celle de réunion du conseil municipal. Ça sent le neuf et le détergent, le carrelage blanc est glacial, les plantes en plastique, le mobilier infect, les radiateurs éteints, et l'éclairage insuffisant malgré la fin de matinée gris clair qui filtre par les fenêtres. « Installez-vous. On ferme à midi pile. » Klang fait la porte. Un silence de confessionnal s'installe. Je ne sais plus pourquoi je suis là. Pas un bruit ne filtre, ni de la place ni du bureau d'accueil. L'horloge réglementaire marque 11 h 30. Elle ne fait même pas tictac... Je me débarrasse, enlève mon manteau malgré le froid, sors la pochette rose où j'ai déjà rassemblé quelques documents, mon carnet, deux stylos, ma cigarette électronique et mon téléphone portable, que j'ai pris soin de placer en mode silencieux. Je m'assieds une première fois à la longue table de conférence, me relève aussitôt, glisse à pas de loup vers les interrupteurs à l'entrée de la salle, les manipule afin d'avoir un peu plus de lumière, et retourne m'asseoir le plus silencieusement possible. Les deux femmes derrière la cloison me terrorisent, je sens leurs yeux partout, j'entends leurs commérages, j'ose à peine respirer.

Je finis quand même par ouvrir les registres. C'est toujours une émotion particulière : le papier jauni qui bouloche un peu, l'encre diluée par endroits, l'écriture appliquée du préposé, les tampons terriblement officiels, l'efficacité zélée de la République, la légère odeur de moisi, et la crainte que tout ne se désintègre entre vos doigts. Je passe une demi-heure à éplucher ces vieilles choses. Je constate un enracinement de mes aïeux dans la commune sur toutes les générations connues depuis l'établissement desdits registres. Tous nés, mariés, morts à Vaudoy. Tous dans le fumier et la bouse, la fiente et le petit-lait. Des métiers qui laissent entrevoir une vie miséreuse, frugale et inculte : ouvrier agricole, journalier, repasseuse. Le salaire toujours hasardeux, la terre jamais la leur, travaillée pour les autres, selon la saison, la récolte.

Je fais deux découvertes : la première, c'est que ma mère avait de très nombreux oncles et tantes dont elle n'a absolument jamais parlé, et dont j'ignorerai tout à jamais. La seconde me claque une gifle à l'hippocampe : je lis que le grand-père de Nicole, un certain Maxime Cochard né en 1866, le père de Charlotte donc, était cantonnier. Et de nouveau, j'entends la voix de ma mère : « Sur la route de Louviers *(bis),* il y avait un cantonnier *(bis)* et qui cassait *(bis)* des tas d'cailloux *(bis)...* » Une ritournelle horripilante qu'elle attaquait dans la R8 au retour des pique-niques réussis, c'est-à-dire sans noyades, sans engueulades, sans pinard renversé sur la nappe blanche, sans taons assassins, ni fourmis rouges, ni piqûre de guêpe. Elle avait déployé la nappe d'un geste sec et assuré. Le tissu avait claqué comme un parachute, et elle avait sorti une à une les victuailles du panier comme un tueur à gages assemble les pièces de son arme. Si le contrat était rempli, elle braillait dans la voiture au retour ; et si, de surcroît, sur la route de campagne, un engin désherbait les bas-côtés, c'était à se boucher les oreilles !

Maintenant je comprends mieux. C'est comme une révélation. Mais pourquoi Nicole ne nous a-t-elle jamais confié que cette rengaine lui rappelait son grand-père le cantonnier ? Mon père, ma sœur et moi nous contentions de nous moquer d'elle et de reprendre le refrain en singeant sa voix de crécelle. À présent ces trois notes dérisoires déroulent une autre musique ; et sur ma fresque imaginaire des dimanches à Vaudoy, je peux tracer un nouveau graffiti, un son et lumière de l'infra-ordinaire : Nicole et Maxime cheminant sur les sentiers qui bordent la Visandre, le vieil homme rythmant la marche avec les couplets de sa chanson corporatiste, la petite perchée sur les épaules de son grand-père, tenant peut-être à la main un filet à papillons ou une canne à pêche de fortune, et reprenant tous les *bis* avec sa petite voix qui déjà, sans doute, chantait faux.

Et puis, comme une bande dessinée dont on feuillette les cases sans bien faire attention au texte, un autre dessin fait vérité sous le fusain de mes chimères : mais bien sûr ! Charlotte bazardait sa gamine le dimanche chez pépé-mémé pour courir retrouver son amant, se précipiter dans les bras du gars qui lui a refait une gosse à 38 ans, qu'elle aime et qui l'aime, amants maudits, liés tous les deux par des mariages désastreux... Fernand devait l'avoir accompagnée en voiture, y rester caché le temps qu'elle dépose la petite, et ensuite, n'importe quelle grange, meule, fossé, pouvait héberger leurs caresses, leurs confidences, leurs serments. Une paire d'heures volées, des mots d'amour ronronnant dans les moustaches, dans les cheveux, des peaux frottées dans la luzerne, le linge du dimanche troussé et crotté de terre hospitalière. Fernand et Charlotte, Charlotte et Fernand, mon grand-père.

Mais qui donc est cet homme ?

J'en suis là de mes divagations quand la porte s'ouvre violemment : « Il vous reste cinq minutes ! » Je sursaute sur ma chaise et supplie avec une politesse exagérée qu'on m'accorde le temps nécessaire pour faire des photocopies. La femme-cerbère soupire en levant les yeux au ciel. Je ne sais plus où me mettre. Elle s'exécute à contrecœur ; je vois tout de suite, à la façon dont elle place les registres sous le capot de la photocopieuse, qu'elle salope sciemment le travail. À midi pile je suis expulsée de la mairie avec la très nette sensation d'un coup de pied au cul, le manteau à peine enfilé, les feuilles volantes à bout de bras et le sac à main en foutoir.

Je me jette dans ma voiture pour ranger tout ça et décider de la suite.

Mes yeux tombent sur le monument aux morts, passé au Karcher et fraîchement géraniumisé. L'occasion est bonne de vérifier si je compte parmi mes ancêtres de la digne chair à canon. 1870, 14-18, 39-45, il y a l'embarras du choix. Je ressors de la voiture et perçois immédiatement qu'on soulève des rideaux derrière des fenêtres, les deux concierges de la mairie aux premières loges, et quelques croisées frémissantes alentour. La place est toujours déserte et silencieuse, mais je suis observée. Je me sens la cible d'un sniper. Vaudoy-Bagdad. N'était le tremblement des voilages aux fenêtres, je pourrais m'imaginer dans une ville fantôme, telle qu'on en voit dans les films d'anticipation, quand par exemple une terrible catastrophe écologique ou industrielle a décimé la population entière d'une ville. Je m'attends à ce que la plaque du monument aux morts commémore la disparition tragique de l'ensemble des Vaudoyens dans l'explosion récente des puits de pétrole qu'on exploite à proximité. Depuis l'autoroute A4, on voit en effet quelques grosses cigognes d'acier planter mécaniquement leurs longs becs dans la terre noire...

Je retiens mon souffle en m'approchant de l'obélisque... Mais non, les patronymes de quelques soldats viennent d'être repassés à la feuille d'or, bien proprement gravés. Aucun Rapaille, aucun Cochard ne figure sur la patriotique stèle. Je n'en éprouve ni soulagement ni déception. Seulement un vague étonnement. Comment se fait-il que parmi tous les mâles nés ici depuis près de deux cents ans, aucun de ma « famille » ne soit *mort pour la France* ? Si c'est une bonne étoile, pourquoi n'a-t-elle pas accordé ses faveurs aux femelles des temps de paix ?

De plus en plus saisie par un malaise diffus qui ne cesse de grossir depuis ma sortie de la mairie, je remonte dans ma voiture, mon refuge. Je réalise que celle-ci, par les hasards du marché de l'occasion, est immatriculée en Guadeloupe ; une aberration qui ne doit pas manquer d'alimenter les postillons de venin projetés sur les carreaux des cuisines. Je dois représenter un danger, une menace. Il faut vider les lieux avant qu'une milice armée ne m'apostrophe. Tant qu'à chercher des morts, autant aller au cimetière.

Je m'enfonce dans les profondeurs de Vaudoy. Je circule devant les maisons, les fermes, les pavillons. Toujours pas âme qui vive. Miraculeusement, à la sortie ouest du village, un petit panneau cabossé indique « cimetière ». Il faut prendre à droite. Cinquante mètres plus loin, la route est bloquée. Barrières, rubalise, engins de travaux inanimés, boue, ornières. Impossible de passer. Ça commence à m'agacer très sérieusement tout ça. Je voulais superposer le jardin de la tombe de Camille à la pierre moussue de celle d'une Léontine ou d'une Sidonie. Je me voyais glaner quelques fleurs fatiguées dans ces fossés d'octobre, assorties d'un branchage joliment roussi, pour créer un lien symbolique entre toutes ces poussières d'os que la terre et les arbres ont digérées, ignorant qu'à chaque printemps un ADN commun abreuve secrètement leurs sèves nouvelles. Décidément, tout Vaudoy, les vivants et les morts, s'est ligué contre moi...

Je fais demi-tour et emprunte le contour par l'est, pour être sûre de n'avoir rien raté, m'assurer que cette accueillante bourgade ne tient pas caché, spécialement pour moi, un trésor généalogique que seules la foi et la persévérance révéleraient. Une fine bruine se met à crachoter... Je me retrouve, sans savoir comment, au cul d'un tracteur massif, exagérément lent. Ses hautes roues aux pneus crantés enjambent toute la largeur de la route, il pue et pétarade. On dirait un vaisseau fantastique sorti de la brume d'un film russe. Je vois dans le rétroviseur extérieur de l'engin une casquette vissée sur un crâne, une cigarette pareillement vissée entre deux lèvres humaines. Je reste sans broncher dans ce sillage étouffant. Est-ce que je rêve ou est-ce qu'il ralentit encore ? Je décide de compter jusqu'à 30 puis de klaxonner. Non, plutôt un appel de phares... J'évalue posément la largeur de la route : il a largement de quoi se ranger sur le côté pour me livrer passage. Les secondes passent... C'est clair, ce cul-terreux me torture, me met au supplice, il adore ça. La bruine est devenue de la vraie pluie maintenant, les essuie-glaces étalent en longues traînées brunâtres les paquets de boue liquide que le tracteur projette sur le pare-brise. La colère m'aveugle aussi... Alors soudain j'explose, j'enfonce le klaxon, je bombarde des appels de phare en rafales, je fais rugir le moteur, j'enclenche la première et force le passage, risquant l'accident. Le gros con riposte en faisant hurler sa trompe, je m'en fous, je passe, je m'enfuis, je trace... Pas d'aubépines en fleur ni de tartines de miel... Basta.

Je prends la route de Coulommiers. C'est précisément la départementale qui longe sur quelques centaines de mètres les fameux puits de pétrole qu'on aperçoit depuis l'autoroute. Je vois les forages : trois grues débonnaires dodelinent leur mouvement autiste sur un terrain vague cerné de grillage, où un discret panonceau signale : « Vermilion Energy Ltd ». C'est un peu décevant. Très loin des splendeurs inquiétantes de la Ruée vers l'or noir... Une paire de vaches sans abri sous la pluie broute une herbe aux hydrocarbures. Tout est infiniment morne et triste, dans une lumière moisie. J'étais partie pour une reconstitution tendrement campagnarde de l'enfance de ma mère chez ses grands-parents, je m'attendais à ce que des septuagénaires émues me racontent d'une voix chevrotante leurs marelles et leurs goûters avec Nicole... Je me suis complètement plantée. Il est 13 heures, il pleut dru, et ce coin de Seine-et-Marne, entre fumier et multinationales pétrolières, a totalement brouillé les pistes.

Aux abords de Coulommiers j'avise une zone commerciale avec un hypermarché où je fais une halte aux achats saugrenus : de l'essence, un sandwich caoutchouteux, une bouteille de vin et un parapluie noir avec des petits cœurs blancs. Dans la voiture sur le parking je débouche le vin avec un vieux Laguiole équipé d'un tire-bouchon ; faut que je pense à demander à être enterrée avec... Je bois au goulot une ou deux gorgées pour faire descendre l'infect jambon-beurre, il pleut toujours, je démarre la voiture et roule vers le centre-ville. J'ai réservé une chambre à l'hôtel de l'Ours, le seul de la ville. Ici pourrait s'écrire un long chapitre hors sujet sur la sociologie des hôtels de province ; leur charme désuet, leur gloire passée, quand affluaient aux jours de foire de riches fermiers endimanchés qui prenaient le schnaps ou le petit déjeuner dans de la vaisselle estampillée aux armes de l'hôtel. J'ai d'ailleurs volé une serviette de table avec un ours brodé dessus, qui ressemble à celui du Festival du film de Berlin. C'est plein de stagiaires acnéiques à contrats courts et sous-payés ; ça s'est modernisé avec des écrans télé minuscules fichés dans le mur bien trop près du plafond, assurant conjointement au téléspectateur migraine et torticolis ; ça veut faire tendance avec des reproductions d'art moderne et des savonnettes bio sous blister ; mais il n'y a pas d'accès internet ni de double vitrage. Je prends ma clé, pose mes affaires et repars à pied, ridicule sous mon parapluie à petits cœurs. Mon sac est lourd à cause de l'ordinateur portable. C'est celui de Camille. Je l'ai récupéré après sa mort. Même si j'ai changé le fond d'écran et vidé tous ses dossiers, c'est comme si je portais une petite urne en bandoulière.

Il faut que je trouve un cyber-café, ou n'importe quoi qui me permette de me connecter. J'ai dû recevoir par internet l'acte de décès de Paulette, expédié depuis une petite mairie du Territoire de Belfort. Quand les gens sont morts, on vous dit de qui ils étaient nés. On vous dit aussi avec qui et où ils se sont mariés. On vous dit même s'ils ont divorcé. C'est très pratique. Je dois ensuite me rendre aux services de l'urbanisme. Je voudrais éclaircir quelques questions concernant Le Montana : qui en était propriétaire exactement ? À qui et quand a-t-il été vendu ?

Coulommiers est une sous-préfecture dont le rayonnement ne cesse de fondre comme la pâte de son fromage quand il est bien fait. Elle tente pourtant de conserver et d'entretenir quelques-uns de ses charmes, misant tout sur le Grand Morin. C'est une rivière aux berges domestiquées bien proprement, avec force jardinières de bégonias chevauchant les parapets tous les cinq mètres. Les façades des anciennes tanneries qui la bordent par endroits donnent un petit côté médiéval. C'est assez mignon, même sous la pluie. Je trouve sans trop de difficulté un café-tabac-pmu-wifi : le message est arrivé, Paulette, décédée le 31 mai 2011, s'est mariée ici même, en avril 1945. J'ai le temps de passer à la mairie récupérer cet acte de mariage que j'étudierai plus tard. Le plan de la ville situe la mairie sur une place très prévisible, où l'on trouve le théâtre, la poste, l'Office du tourisme, et la mairie, donc. Quatre bâtisses néoclassiques, républicaines. Là pourrait surgir un nouveau long chapitre hors sujet sur la modernisation des services publics dans les villes de province : « Désolée, madame, ici on ne peut rien faire pour vous, nous n'assurons plus les renseignements aux administrés, tout l'état-civil a été délocalisé. Il faut vous rendre dans la zone commerciale. » Zut. C'est précisément celle que je viens de quitter, celle du parapluie ridicule, à l'abri duquel je parcours, à pied cette fois, chaussures qui prennent l'eau et chignon en pétard, le quart d'heure nécessaire. Là-bas on me photocopie le document du mariage de Paulette, puis on me remet sous la pluie pour me guider vers les bâtiments de l'urbanisme où je fais chou blanc : tout ce qui remonte à plus de cinquante ans relève d'un autre service, départemental celui-là. Je dois remplir un formulaire et joindre un chèque ou un timbre-amende de 25 euros. On me fait aussi comprendre que je peux avoir des informations sur les transactions immobilières dont a fait l'objet Le Montana, en contactant un vieux notaire local et un peu filou. On me donne son numéro. J'appelle : on ne me transmettra aucun renseignement si je n'envoie pas un recommandé précisant la nature et le motif de ma demande. J'ai, évidemment, consciencieusement accompli ces deux démarches, qui restent, à ce jour, sans réponse.

Tout file entre mes doigts, l'écheveau débobine sans faire pelote, l'enquête patine sans faire vérité.

Je n'ai donc pas d'autre choix que d'imaginer, composer, inventer. Ces quatre-là, Émile, Charlotte, Paulette, Nicole. Leur vie comme ça, la semaine à trimer comme des esclaves au Montana, le week-end à rêver de jours meilleurs.

Alors reprenons : années 40, sous l'Occupation. S'il y a, dans cette période et chez ces gens, des activités clandestines, elles ne sont certainement pas liées à la Résistance, mais bien plutôt aux adultères et au marché noir. Peut-être a-t-on vu disparaître certains clients dont on chuchote le nom, penché au-dessus des verres en parlant de « maquis ». Peut-être pas. Je pense plutôt que Le Montana était un repaire de collabos, c'est-à-dire de gens parfaitement normaux. Portrait de Pétain au-dessus du comptoir, drapeau français planqué au fond d'un buffet et déjà mangé par les mites, tournée générale du patron quand les officiers allemands viennent s'encanailler à Montanglaust.

De Fernand, toujours aucune trace, aucun indice.

D'Émile j'apprends, par l'interview sur dictaphone de sa fille aînée, dont il faut rembobiner dix fois la bande pour être sûr d'en avoir correctement déchiffré les crachotements, qu'il tombe gravement malade fin 1943. Paulette dit qu'il a « attrapé une tuberculose des os ». Même après mes visites sur internet, je ne comprends pas très bien ce que c'est que cette maladie : une « tuberculose des os ». Paulette dit qu'« il a été dans une coque pendant deux ans ». Une coque. Une sorte de corset très contraignant en plâtre et en résine. Ça veut dire qu'il a été complètement immobilisé, reclus dans sa chambre à l'étage, réclamant une multitude de soins, et donc incapable de décharger les camions de livraison, de descendre à la cave, de manipuler les caisses de boisson, de déboucher les siphons : les rares tâches dont il s'acquittait encore, tout cocu qu'il fût. Alors comment tourne le café ? Mystère. On peut imaginer Charlotte en Mère Courage, Paulette en Mère Teresa ; les deux femmes mettant sur pied un plan de division du travail : Charlotte au café – clients, comptabilité, caisse, fournisseurs ; et Paulette à son père – toilette du siège, alimentation à la cuillère, branlette. Le tout dans un silence sordide barbouillé de haine.

Je ne sais toujours pas quoi faire de Fernand... Où est-il ? Au maquis ? Chez sa femme ? Où est Monsieur Bellenger, mon grand-père ? Et qui s'occupe de la petite Nicole ? Vers 1943, on a bien dû la mettre à l'école, pour s'en débarrasser la journée. Mais qui l'accompagne ? Qui la ramène ? Paulette ?

Une voisine ? Et qu'est-ce qu'elle y apprend dans ce bourg de la France occupée ? La haine des Juifs ? La mobilisation totale contre le bolchevisme ? Le nom des fleurs des champs ?

Le 27 août 1944, Coulommiers est libéré. On est tenté d'imaginer une grande fête au Montana, avec Nicole, presque 5 ans, circulant en robe à volants entre les bras des GI éméchés, comme une poupée de fête foraine, comme la mascotte de la Victoire. Barbes drues, odeurs inédites, langue inconnue... Ses grands yeux bruns brillent comme des lucioles. Charlotte, un peu grise, pousse le bouton de la radio, monte le son et se laisse enlever pour une danse inouïe, une danse de nègre, où elle renonce vite à compter les pas. Paulette, provisoirement réconciliée, sort de leurs cachettes variées les portos, les xérès, les armagnacs ; tous les alcools chics qu'elle avait dissimulés pendant l'Occupation. Tout le monde est là : le maire, Marcel, les habitués, quelques notables. Les jeeps rangées devant Le Montana attirent encore quelques voisins du hameau, des curieux, des patriotes. Chewing-gum, bas Nylon, Marlboro... C'est l'été et la vie redémarre, restaurée en bleu-blanc-rouge. Même la moisson a été bonne malgré la guerre...

... Sauf que jamais ma mère n'a rien raconté de tel, ma mère n'a rien raconté du tout. Peut-être ma mère n'avait-elle, finalement, aucun souvenir d'enfance...

Ce qui est sûr, c'est qu'Émile, ce soir-là, août 44, était « dans sa coque ».

Ce qui est plus probable, c'est que ce soir-là tous les volets du Montana étaient tirés, et toutes les lumières éteintes, parce que ses occupants redoutaient ce que, plus tard, on appellerait l'Épuration.

Comment savoir ?

Je quitte bredouille les bureaux de l'urbanisme, il pleut toujours, il est 17 heures et la nuit tombe déjà. Je n'ai pas envie de flâner dans les rues. Cette lubie de fouler les mêmes trottoirs que ma mère me semble soudain complètement absurde. De toute façon elle habitait un faubourg et ne devait que rarement descendre en ville ; de toute façon, vu son âge dans les années « Coulommiers », elle n'a rien foulé du tout, elle devait être la plupart du temps dans un landau... Je rentre à l'hôtel pour y sombrer dans une somnolence agitée et désagréable. Vers 20 heures je ressors, parce que je fais partie de ces gens qui ne peuvent pas sauter un repas. Le squelette de mon parapluie aux cœurs brisés et moi-même échouons dans un Dragon pékinois qui va fermer. Je suis la seule cliente. J'avale de quoi tenir jusqu'au lendemain, un plat dilué dans une saveur unique parce que j'ai mis trop de sauce soja, je bois un quart de rosé tiré d'un cubi industriel, je paye et je m'en vais. Tandis que sur le perron je ferraille avec les baleines dégainées de mon parapluie, l'enseigne au néon rouge et or s'éteint déjà. Dans mon dos les cris du rideau de fer déchirent le silence de la petite place. Je lève un peu les yeux : aucune lumière aux fenêtres, pas même la vibration des postes de télé allumés de nuit dans les salons. Il est 21 h 15 et on dirait que tout le monde est couché. C'est flippant.

À ce stade un temps de recueillement s'impose.

C'est bien joli tout ça : le feuilleton dans les sous-préfectures, les expéditions fanfaronnes de détective amateur, la déprime sociologique, sa retranscription minutieuse... Mais recadrons. Ici il faut le soupir, long, exténué, haleine lourde. Il faut la vidange de mes orgueilleux poumons qui croient ressusciter les morts pour les coller dans un roman comme des gommettes dans un cahier de coloriage; il me faut reprendre une bouffée de cet air qu'elles ne respireront plus, qui a la légèreté de la cendre et la pureté de l'absence. Ce n'est pas sur les trottoirs de Coulommiers que ma fille et ma mère s'embrasseront, ce n'est pas parce que j'ai inventé des dimanches à Vaudoy et des moustaches à Émile que Nicole et Camille auront une plus belle outre-tombe.

Toute cette entreprise soudain me paraît vaine.

Elle n'a que le mérite de brûler quelques mots, qui m'incendient les soirs de cafard, aux puits de forage de l'encre fossile. Ça me fait durer sans elles, ça me les garde au chaud.

3

Suite des coups de dés, saut de puce, jeu de l'oie, chat perché.

Arrêt sur la case du 7 avril 1945.

Paulette se marie. Elle a 20 ans et 3 jours.

La fille du patron du Montana s'est trouvé un sous-officier d'artillerie. Il s'appelle Victor. Victor Vallée. Il a 29 ans.

Elle, qui méprise un peu plus chaque jour son inconstante génitrice parce qu'elle s'est amourachée d'un client, s'est amourachée d'un client. Mais peut-on dire d'un type en uniforme qui ne boit que de la chicorée ou du viandox qu'il est un client ? Non. C'est un consommateur respectable.

Mais comment un sous-officier d'artillerie né dans la Manche en 1916 se retrouve-t-il client respectable du Montana, huit mois après la libération de Coulommiers ? C'est ce qu'il faut consentir à ignorer, en se disant qu'on s'en fout un peu. J'imagine un bon gars célibataire, farouchement discret sur les « traumatismes de la guerre », très-succinctement médaillé, sobre et timide, heureux d'être rendu aux plannings, aux corvées, aux distributions de punitions et de permanences, dans cette caserne ordinaire. Il a 29 ans déjà, il n'a plus les couilles folles et l'acné florissant de la jeune viande de boucherie qu'il a côtoyée pendant des années. S'agirait de s'établir maintenant. Et la fille du café, qui le dépasse d'une tête, avec ses bras vigoureux et ses pommettes grenadine, cette Paulette qui lui sourit tout le temps, il lui ferait bien sa demande.

Depuis qu'elle est toute petite, Paulette rêve de ça : 20 ans, la belle robe blanche, la longue traîne où s'accroche la gambade des gosses de Montanglaust, papa chéri à son bras droit, un beau galonné à son bras gauche, descendre en procession la longue côte du faubourg, depuis le café jusqu'à Notre-Dame-de-Toute-Joie, penser à lever fièrement le menton, sentir dans son dos la rage jalouse des voisines, les larmes du Marcel tout ému – la gosse, là, la mariée, c'est moi qui y ai appris les dominos ! –, le bruissement des commentaires sur l'allure du marié, sur la finesse des dentelles ; et le beau temps d'avril complice qui ferait des lumières dansantes comme au cinéma.

Camille aussi rêvait de ça, depuis qu'elle était toute petite : 20 ans, la belle robe blanche, peut-être même avec une traîne pourquoi pas, papa chéri à son bras droit, un beau normalien à son bras gauche ; aller à pied à la mairie de sa ville de banlieue faire sceller son union par un maire d'extrême gauche si possible, sentir dans son dos les larmes de maman et les fous rires des copines de lycée ; et le beau temps de juin complice qui ferait des lumières dansantes comme au cinéma.

Elle était un peu vieux jeu, ma fille...

Mais le 7 avril 1945 il fait un temps pourri.

On pourrait imaginer que la date du mariage a été fixée symboliquement le premier samedi qui suivrait les 20 ans de Paulette, mais non, la date du mariage a été fixée par les médecins. Émile est sorti de sa coque depuis une semaine. Il est difforme, il marche comme un pantin désarticulé. On dirait que l'attache qui soude ses jambes à ses hanches est en guimauve, ses genoux s'entrechoquent, ses épaules se tordent comme gigote une carcasse de viande qu'on vient de suspendre au crochet de boucherie. Sa tête semble énorme, chaque goutte de pluie la frappe comme un obus, le menton tombe sans cesse sur le torse. Émile ne donne pas le bras à sa fille, c'est elle qui le soutient ; et, quand il trébuche, le voile de la mariée, tout alourdi de pluie, se trouve coincé sous le malade. Paulette n'a rien d'une princesse. C'est juste une paysanne rougeaude, rustique et sans grâce, engoncée dans une robe blanche qui, malgré tout le soin que sa mère a accordé à sa confection, semble mal coupée. L'eau ruisselle le long de la grande côte, chargée de boue, de bouse. Les belles chaussures du dimanche sont restées dans les coffres et les armoires, on a gardé les sabots – c'est dommage bien sûr, mais on allait pas les esquinter ! Les couronnes de fleurs champêtres, aubépines, boutons d'or, rouillent à vue d'œil ; le dernier volant des robes à bouillons n'est qu'un lourd ourlet de gadoue. La noce est lente et triste. Même le foisonnement de képis des copains de Victor ne suffit pas à colorier le tableau. Très vite, une charrette est requise pour y charger l'impotent, il faut accélérer le mouvement – à ce train-là c'est des éponges qu'on mariera. Charlotte semble ailleurs. Elle s'est laissé distancer parce que Nicole n'avance pas vite, ses petites jambes de six ans ralenties par la robe longue, ou bien par les jeux du chien qui rigole en sautant dans les flaques. Ça l'arrange bien, Charlotte. Elle peut voir de loin la chère nuque de Fernand surmontée de son galurin du dimanche. Naturellement il assiste à la noce. Il donne le bras à sa femme, la grosse Marie-Louise, et se tient aussi raide qu'il est délié quand ils s'accouplent en cachette. Charlotte tient jalousement la main de sa cadette dans la sienne, et si on s'approchait, on l'entendrait fredonner *Aux marches du palais, aux marches du palais, y a une tant belle fille, lonla, y a une tant belle fil-le – Elle a tant d'amoureux, elle a tant d'amoureux, – qu'elle ne sait lequel prendre, lonla, qu'elle ne sait lequel pren-dre. C'est un p'tit cordonnier...*

À Camille aussi, j'ai appris cette chanson. Je lui avais dit que je la tenais de ma mère ; je ne disais jamais « ta grand-mère » quand je lui parlais de Nicole. On la chantait à deux voix ; vers la fin elle maîtrisait parfaitement la partie d'alto.

Maintenant que vous dormez ensemble jusqu'à la fin du mon-on-on-de, je ne chante plus. J'écoute vos sirènes.

Laissons cette noce se diluer sous la pluie, se flouter dans sa supposition.

Accélérons un peu. Faisons d'autres suppositions, varions les inconnues.

Sur la vie des mariés dans les premiers temps de leur union, les hypothèses sont variées. Où résidaient-ils, par exemple ? Victor a-t-il bénéficié, en qualité de jeune époux, d'un logement de fonction à la caserne Beaurepaire ? Ou bien le jeune couple a-t-il préféré s'installer au café pour aider à la tâche, surveiller la convalescence d'Émile, faire rempart de leurs corps aux élans de haine, aux désirs de meurtre, aux couteaux qui sifflent ? Espéraient-ils que le spectacle de leur amour affiché stopperait en plein vol les noms d'oiseaux bombardés dans l'arrière-cuisine ?

C'est difficile à savoir.

La boîte à chaussures ne contient aucun indice qui puisse éclairer cette séquence.

En revanche, la source « dictaphone de Paulette » indique que l'année suivante, en 1946, Victor est muté, dans une ville à deux syllabes dont le nom est masqué par les grésillements de la cassette. Par recoupements avec la photo de classe de Nicole et avec l'acte de naissance de Charlotte, qui stipule qu'elle y est morte le 27 novembre 1954, j'en conclus qu'il s'agit de la ville du Blanc. Le Blanc, sous-préfecture de l'Indre, alt. 72 m, 6 700 hab. Ils emménagent dans le début d'année à la caserne Chanzy avec un premier-né.

Je comprends que je ne pourrai pas faire l'économie d'un voyage là-bas.

Et puis j'en ai marre de Coulommiers, du Montana, de la pluie ahurie.

Aux ellipses je suis contrainte.

Je vais poursuivre l'enquête sur les bords de Creuse.

C'est un p'tit cordonnier,
qu'a eu la préférence, lonla, qu'a eu la préféren-ce.
La belle si tu voulais, la belle si tu voulais
Nous dormirions ensemble, lonla, nous dormirions ensem-ble
Dans un grand lit carré, dans un grand lit carré,
Bordé de roses blanches, lonla, bordé de roses blanches.
Aux quatre coins du lit, aux quatre coins du lit,
Un bouquet de pervenches, lonla, un bouquet de perven-ches,
Dans le mitan du lit, dans le mitan du lit,
La rivière est profonde, lonla, la rivière est profon-de,
Tous les chevaux du roi, tous les chevaux du roi
Viendraient y boire ensemble, lonla, viendraient y boire ensem-ble.
Et nous y dormirions, et nous y dormirions
Jusqu'à la fin du monde, lonla, jusqu'à la fin du mon-de.

LE BLANC

1

Printemps 1946

Émile est guéri, Paulette est mariée, Nicole a l'âge de raison, la paix est installée. Pour Charlotte et Fernand, c'est le signal. Il faut fuir, rompre, couper, trancher ; en finir avec les noms de code, les cryptages, les secrets, les mensonges. Il faut ce courage... Désormais leur passion s'étalera au grand jour : c'est dans la rue qu'ils se tiendront la main, c'est dans leur lit qu'ils feront l'amour. Et Nicole dira « papa » à celui qui en vrai a mis la petite graine... Ce trio maudit doit dorénavant parler sa propre langue – *viens, mon amour, on se casse, on se tire, on met les bouts...* Ils fantasment, ces deux-là. Ils s'endorment chaque soir auprès de leurs légitimes avec une carte de France épinglée dans leurs rêves illégitimes.

Mais où aller ?

Ici ? Là ?

La guerre a recomposé les territoires. Les villes et les villages tentent de remettre en valeur leurs pittoresques atouts décolorés par l'Occupation ; leur source chaude, leur cathédrale, leurs médailles du comice agricole, leurs plages, leurs menhirs, leurs spécialités gastronomiques... tout en édifiant des mémoriaux à leurs soldats martyrs. Le nombre de morts fait la notoriété patriotique et la subvention de l'Office national des anciens combattants et victimes de guerre. Plus on en a, plus le montant est élevé. On commence aussi à compter les collabos qu'on invite à dénoncer, les femmes enceintes qu'on regarde avec soupçon, et les sous qu'on perd depuis la fin du marché noir. La paix s'organise. Celle à laquelle aspirent les deux amants n'a rien à voir avec tout ça.

Alors ici, ou là, qu'importe ?... Pourvu qu'un anonymat bienveillant les recueille. Après guerre, les couples non mariés, on n'en pense pas moins mais on pose moins de questions. Pensez ! Avec tout ce que les gens ont subi...

J'ai compris tard que l'installation au Blanc correspond en fait à une sorte de regroupement familial : c'est là que Victor a été muté, à la base aérienne 275. Charlotte en tout état de cause n'a fait que se rapprocher de sa fille aînée.

Avant d'avoir compris, j'imaginais un motif plus romanesque. Je me demandais quel pari, quel poker, quel vieux pote, quelle vieille cousine avait fait sortir du chapeau cette insignifiante bourgade. Peut-être juste le nom ? Le Blanc. Blanc comme neige, blanchiment de la faute, Charlotte en Immaculée... Blanc comme le col, les mains, l'oie... Le Blanc. Centre de la France. Au bord de la Creuse, entre Châteauroux et Poitiers.

On ne connaît pas non plus les détails de la fuite. Préméditée ? Précipitée ? Qu'emportent-ils, comment voyagent-ils ? Qu'expliquent-ils à leurs familles ? En tout cas, Coulommiers se réveille un matin avec trois habitants en moins, et Le Blanc se couche un soir avec trois habitants en plus : Fernand Bellenger, Charlotte Rapaille née Cochard, et leur fille Nicole Rapaille. Ils seront enregistrés sous ces trois noms au 3, place de la Palisse, Ville Haute, 36300 Le Blanc.

Aujourd'hui pour y aller on fait 43 kilomètres de nationale après la sortie 15 de l'autoroute A20. Je ne savais même pas que la France avait une autoroute A20. Il n'y a plus aucune desserte ferroviaire depuis 1982, l'ancienne gare a été transformée en salle de sport avec école de musique, ou en école de musique avec salle de sport, selon le point de vue. La nouvelle est à 39 kilomètres.

En découvrant la ville début novembre à bord de ma fidèle Mégane, peu avant la foire de la Saint-Martin, je me dis que c'est un voyage qu'on aurait fait ensemble, Camille et moi. Sur la piste de sa grand-mère, j'aurais été son guide dans le cœur ralenti d'une France oubliée. Je lui aurais expliqué la topographie de la ville, sa partition sociale de chaque côté de la rivière, Ville Haute, Ville Basse ; je lui aurais fait remarquer le nombre de commerces en cessation d'activité, d'appartements à vendre, de squares vides et de faillites programmées, je lui aurais fait une conférence apitoyée sur le nouveau lumpenprolétariat. Mais ses 16 ans, optimistes et enthousiastes, m'auraient corrigée : « C'est dingue, Mom', faut vraiment que tu voies toujours tout en noir ! Regarde plutôt ! » Et c'est vrai, elle a raison : quelques charcuteries n'ont pas fermé, des hommes, jeunes et vieux, pêchent placidement sur les berges de Creuse, les serveurs de café et les patrons de pizzeria sont accueillants, les employées de mairie témoignent toutes d'un zèle chaleureux, il y a encore quelques enfants, des écoles... La vie palpite toujours, amarrée à l'autre siècle, blottie dans la routine de son terroir.

Charlotte et Fernand s'installent sur la rive sud du fleuve, Ville Haute, dans le quartier prolo. À l'époque, c'est un groupement de maisons sales, tapies dans le couloir fétide entre la colline et la rivière, un quartier sans éclairage public, humide à cause des fondations du château qui le surplombe, où pourtant des incendies se déclenchent régulièrement parce que la charge électrique y est trop faible, et qu'une simple ampoule suffit à tout court-circuiter. Un quartier malfamé.

Vingt ans plus tard, au début des années 70, la rénovation de la Ville Haute et la mise en valeur de son potentiel touristique deviendront la priorité des élus : on karchérisera les façades, beaux spécimens du XVe siècle, on exhumera d'autres trésors architecturaux, on installera l'eau courante et des w-c individuels dans chaque bâtiment, on plantera le long des rues repavées des lampadaires de style médiéval.

Pour l'instant, les rats y courent, gris et affamés comme les habitants, trottant dans la boue assidue qui dévale du château. Pour l'instant les autorités s'occupent de la Ville Basse.

Dans la Ville Basse, bat le cœur commercial et industrieux de la cité. Dans la Ville Basse, siège l'hôtel de ville édifié au cœur de la place où se déroule chaque année la fameuse foire de la Saint-Martin. Dans la Ville Basse, les bourgeois sont établis depuis trois générations dans de riches immeubles bâtis au XIXe siècle, solides, étanches, avec balcons fleuris en façade et lourdes portes à boutons de cuivre. Dans la Ville Basse, un immense terrain constructible, glissant en pente douce vers le nord-est, attire les investisseurs de la reconstruction. C'est là qu'on réimplantera une forge et une filature, c'est là qu'on construira les HLM, c'est là que s'ouvrira le premier supermarché.

La Ville Basse est hors de portée de bourse de nos réfugiés. Ce sera donc la Ville Haute. Place de la Palisse.

Charlotte fait de l'ouvrage à domicile. Elle est couturière. De menues retouches, du rapiéçage – mettre à la taille des cadets les vêtements des aînés, renforcer des coudes et des genoux. Pas de confection. Les gens du quartier n'ont pas les moyens. Son chef-d'œuvre restera définitivement la robe de mariée de Paulette, inspirée d'un modèle de Balenciaga, même si les mensurations du mannequin n'ont pas rendu justice à ses talents de faussaire.

Paulette... Charlotte espérait que le mariage et la maternité auraient adouci son aînée, l'auraient détournée de son reproche têtu. Elle avait imaginé une sorte de famille recomposée, comme on dirait aujourd'hui, où la force du sang et la transparence de l'amour auraient imposé le dépôt des armes. Mais Paulette ne cède rien, enracinant sa réprobation dans un discours de grenouille de bénitier et l'affichage d'une conduite exemplaire. Elle ne dit jamais *Fernand* mais *ton amant*, elle éructe le mot *adultère* à chaque détour de phrase, en détachant bien chaque syllabe; on peut même imaginer que les jours de haine blanche ou de jalousie noire, elle peut cracher *ta bâtarde* en parlant de Nicole. *Nicht versöhnt* – Non réconciliées. Pourtant la situation est à demi régularisée puisque les papiers officiels signalent le divorce d'Émile et Charlotte en 1947. Mais rien n'y fait. Au marché le samedi matin, mère et fille s'évitent. Charlotte doit compter sur les ruses de son gendre pour obtenir de voir son petit-fils, un Michel qui commence à marcher, aux yeux d'un bleu froid, qui a fait dire à Victor un jour de confidence inattendue : « Ce gosse me rappelle ma Normandie... » Plus personne ne sait que Victor est né à 15 kilomètres du Mont-Saint-Michel. Belle-mère et beau-fils sont restés un moment muets, soudés par une étrange complicité, comme roulés dans la même vague, comme bus par la mer infinie, l'écume de leurs rêves venant mourir dans les yeux de l'enfant; l'enfant aux yeux bleus.

Nicole est scolarisée à Sainte-Thérèse, une école privée du quartier, installée dans la cour du fameux château de Naillac, qui fut longtemps une prison. Non mixte, six prières par jour, les institutrices s'appellent *ma sœur.* Ce choix reste un mystère parce que aucune trace de sentiment religieux n'apparaît dans le maigre butin de l'histoire maternelle. Parmi les rares bijoux de ma mère ne figurent aucune croix, aucun médaillon du style de ceux qu'on offre aux baptêmes, avec un ange joufflu gravé dessus. Nicole ne m'a jamais parlé de Dieu, ni de Jésus, ni de la Vierge, ni de la Bible. Elle n'allait pas à la messe, je ne l'ai jamais vue prier, ni chanter des cantiques. Inversement elle ne se déclarait pas laïque, ni athée. Elle ne se déclarait rien du tout de toute façon. Je n'ai aucune idée de ce que la religion représentait pour elle. J'ai toutefois l'intuition qu'elle a bénéficié plus tard de la tradition de charité de l'Église catholique, quand elle serait orpheline et que de vieilles vierges en aubes grises lui prodigueraient un réconfort spirituel – mais surtout des chaussures et une paillasse.

Pendant les deux jours de novembre de ma visite au Blanc, ma boîte à chaussures sous le bras, avec la photo de classe de Sainte-Thérèse dedans, j'ai déniché de bons indics, dans les cafés, les cercles du troisième âge. Ils ont fait parler des photos, des vieilles pierres, des vieilles dames. J'ai passé des quarts d'heure au coin de toiles cirées, dans les 26 degrés d'une cuisine-salon-chambre-salle à manger saturée des émanations du poêle à charbon et de la pisse du chat.

Tous ces gens, âgés et si seuls, étaient intarissables. Je voyais divaguer leurs mémoires, comme on suit sous l'index les courbes d'une rivière dessinée sur une carte. Dans leurs bouches sans dents revenaient des prénoms, des anecdotes, des amas de salive où bouillonnaient les larmes que leurs yeux toujours rouges ne versaient plus depuis des lustres. Des vieux de la Ville Haute, émouvants et misérables, pour la plupart placés sous curatelle, sommés de fournir le justificatif d'achat des deux piles pour leur transistor, sous peine de se faire retirer leur argent de poche hebdomadaire, 7 euros, tabac compris. Des délinquants septuagénaires que j'ai serrés dans mes bras.

Mais quand je les pressais de recentrer leur élan nostalgique sur Nicole, Charlotte ou Fernand, le flot de souvenirs devenait incertain, le souci du détail se diluait dans des généralités sans intérêt, une lourdeur aussi vaseuse que les carpes des étangs de la Brenne tout proches s'emparait de leur langue. Pour finir, toujours le même aveu : « Je vois qui c'est, mais on les connaissait pas très bien », ou : « Oh ! Vous savez c'était des gens qui parlaient peu », ou : « Ils ont toujours été un peu secrets, c'était pas facile de faire copain. » Des parias. Des timides. Des fugitifs.

Pourtant j'aime à croire, en tressant les informations, les photos, et peut-être deux ou trois paroles antiques énoncées de la bouche même de Nicole, que cette époque fut heureuse. Elle avait 12 ans, des copines, des bottillons neufs pour frimer à la foire, la Creuse pour rêvasser, bien plus large que les canaux du Grand Morin à Coulommiers ; et peut-être même attirait-elle parfois le regard de jeunes garçons. L'atelier de couture à la maison était propre, ça ne sentait ni le mégot ni la vinasse comme au Montana. Sa mère avait repris du poids et des couleurs, elle disait : « ourlet », « dentelle », « empiècement de serge peignée », elle disait : « Mais bien sûr, madame, je vous fais ça pour demain » avec un arrondissement de la bouche qui en disait long sur la fierté reconquise. Fernand gueulait moins qu'Émile et il ne piquait jamais quand on l'embrassait.

Et puis les années passent. Paulette et Victor disparaissent de nouveau du paysage à cause d'une nouvelle mutation du militaire. Leur départ, malgré le regret d'une réconciliation filiale et l'éloignement du petit Michel, donne lieu à une succession de jours simples et laborieux. Nicole a 12 ans, puis 13, puis 14.

On peut inventer quelques pique-niques, quelques pétanques, quelques belotes. Ma mère, je me souviens, connaissait divers jeux de cartes qu'elle essayait de nous apprendre, à ma sœur et à moi. Mais elle avait oublié les règles, et invariablement le jeu de société tournait à la crapette solitaire, à la réussite toute seule, telle une cartomancienne qui lit non dans l'avenir, mais dans le passé. Je la verrai souvent aussi faire en solo des mots fléchés, le sourcil froncé, un bout de langue rose pointant hors de ses lèvres, sa manche balayant d'un revers les petites peluches grisâtres laissées par la gomme – un féminin-pluriel qui ne rentrait pas dans les cases.

L'image de Camille appliquée à ses devoirs se superpose soudain.

Moi non plus mon féminin-pluriel ne rentre pas dans les cases. Combien prend de lettres le silence des tombes doubles ?

2

Cette année, Nicole aurait son certif'. Elle se l'était juré. Au café, sur le faubourg de Montanglaust, ne pas avoir d'instruction passait inaperçu, ça rassurait même. Ici, au Blanc, les filles ont de l'éducation, du savoir, même un tout petit peu ; et le savoir engendre des discussions, c'est-à-dire le contraire de vociférations d'ivrognes ; et les discussions permettent de mettre au jour des affinités, c'est-à-dire le contraire de rapports forcés ; et les affinités font voir la vie en plus grand. Plus grande la vie.

Alors le certificat d'études, ce serait cette année. Juin 1953.

Je suis heureuse parce que c'est une des rares scènes que je peux me représenter avec précision. Grâce à Dany Duval. Il faut raconter comment j'ai retrouvé Dany Duval, qui figure sur la fameuse photo de classe, une des camarades de ma mère donc, qui commence enfin doucement à devenir la grand-mère d'une autre morte, une lycéenne.

Quand j'ai traversé la Creuse pour entamer mon pèlerinage dans la Ville Haute, empruntant la ruelle qui fut forcément le chemin des écoliers de Nicole, entre la place de la Palisse et Sainte-Thérèse, seuls quelques chats y circulaient, incertains dans l'après-midi brumeux. Guidée par une intuition qu'on aurait dit chuchotée d'outre-tombe, j'ai poussé une porte entrouverte d'où s'échappaient des voix âgées, une pesante vieille porte en chêne massif : celle de la Maison des Amis du Blanc. C'est là que j'ai recruté mon premier et bienveillant informateur, Daniel, un bénévole de l'association, qui s'est passionné pour mon enquête. Il m'a emmenée voir sa mère, une vieille Hélène de 85 ans, maigre comme un coucou, sourde comme un pot, tremblotante dans son Parkinson avancé. Hélène hurlait : « Quoi ? Qui ? Comment ? », tout en tournant la photo de classe entre ses mains squelettiques, noires de la suie des briquettes de charbon qu'elle ne cessait de fourguer dans son poêle. La vieille Hélène s'empourprait dans l'excitation des souvenirs galopants, bafouillant dans son dentier d'anachroniques conjectures qui la déconnectaient progressivement de notre présent partagé. Nous l'avons quittée assez vite, la laissant divaguer dans son monde. Daniel était désolé que sa mère ne m'ait été d'aucune utilité. Alors, sur le capot de la voiture, j'ai sorti la boîte à chaussures, et les trois photos qui ne mentionnent aucun lieu ni date, mais qui présentent Nicole adolescente. Sur celle où on la voit sourire au bras d'une amie avec un arrière-plan de rivière, il a immédiatement identifié la Creuse, et m'a désigné, en tendant le doigt dans la direction de l'eau, l'angle exact sur le quai Aubépin d'où le cliché est pris. Sur la deuxième, il a reconnu la rue principale du Blanc, précisément un 8 novembre, jour de foire de la Saint-Martin, où ma mère pose à côté d'une vieille 4CV dans un joli manteau d'hiver. Puis il a scruté attentivement celle qui montre la façade d'une grosse maison trapue à deux étages, et il m'a dit : « Viens voir ! » On a marché quelques minutes et il m'a dit : « Regarde... » Incroyable. J'étais devant ladite maison, et on était place de la Palisse. Selon toute évidence, j'avais sous les yeux le logement qu'ont occupé ma mère et mes grands-parents pendant ces années-là.

Je pensais que ces photos resteraient muettes à jamais. Trois mystères éclaircis... Cher Daniel... Il aurait aimé m'aider davantage mais la nuit tombait, le lendemain il prenait le train pour Paris. Avec trois copains, ils avaient cassé leur tirelire et s'offraient la virée de l'année : Johnny, Eddy et Jacques, trois Vieilles Canailles à Bercy... Avant de nous séparer il m'a dit : « Va voir la dame du magasin de télévision sur la place de la Ville Basse, Mme Brauly, c'est une commère patentée, je suis sûr qu'elle te donnera des indices. »

Alors j'ai fait comme il a dit. J'ai retraversé la Creuse, je me suis installée au café du Centre, en terrasse pour pouvoir fumer malgré novembre qui mordait. La nuit était tombée. J'ai commandé un blanc de Loire. Je voyais Camille à côté de moi, à qui j'aurais payé un bon chocolat chaud, à moins qu'elle n'ait réclamé le mojito que je consentais à lui offrir dans les grandes occasions. Je lui parlais tout haut. Les nuages de buée qui s'échappaient de ma bouche dessinaient une farandole de petits fantômes, comme Casper, celui pour les gosses, le gentil, qu'elle aimait bien.

Maison Brauly : TV – Hifi – Électroménager. Il y a bien longtemps que les grandes enseignes multinationales ont monopolisé ce secteur d'activité, mais ici subsiste encore cette petite entreprise familiale, qu'on dirait manufacturée pour intégrer les accessoires d'une boîte de Playmobil sur le thème du petit commerce. La patronne se tient derrière la caisse, s'ennuyant ferme sous le néon en attendant l'heure de la fermeture, une dame corpulente couverte de bijoux voyants. Je déballe mon baratin devant un gigantesque écran plat allumé diffusant une chaîne de sports ; sur le couvercle d'un lave-linge j'étale la photo de classe... Madame Brauly chausse ses lunettes qu'elle retenait sur son imposant giron par une chaîne en or, se penche sur les jeunes filles... et soudain son index s'abat sur un visage. « Celle-là c'est sûr, c'est la Dany Duval ! »

Ni une ni deux, sans même enfiler un manteau, me laissant à peine le temps de ranger mes documents, elle me tire par la manche, s'empare de ses clés ; nous voilà dehors, elle boucle la boutique, colle d'un pouce tout excité un Post-it sur sa vitrine – *je reviens dans 5 min* – traverse la rue au pas de charge, s'engouffre dans un immeuble juste en face, telle une vague haute dans un trou de rocher, puis sans frapper pousse une porte du rez-de-chaussée et hurle : « Dany, j'ai quelqu'un pour toi ! » J'ai trottiné derrière elle, je m'arrête sur le seuil dont elle libère le passage en me poussant presque à l'intérieur, et tout au fond d'une pièce sombre, je distingue dans un fauteuil défoncé une silhouette sans âge. Madame Brauly aboie trois phrases qui résument grossièrement la situation, et puis : « Bon, ben j'vous laisse, c'est pas l'tout, je dois rouvrir le magasin », et elle me plante là. Toile cirée, 26 degrés, moi le cœur en chamade, encore secouée par la tornade Brauly : « Ainsi vous auriez été à l'école avec ma mère ? »

Dany Duval est la 2e du 3e rang en partant de la droite.

De masse floue et engourdie, elle se transforme aussitôt en petite dame tout enjouée, sa voix s'anime, son doigt sur la photo rebondit comme une sauterelle de visage en visage, elle jette des noms : « Oh ? ben ça, c'est la Françoise ! Ça, c'est la Janine ! Pis elle, c'est Denise ! Et ça, c'est les sœurs Gachet, Noëlle et Christiane ! » Elle est volubile, elle papillonne. J'essaie de me glisser entre ses exclamations pour demander si ces personnes sont toujours vivantes, si elle sait ce qu'elles sont devenues, si je pourrais en rencontrer certaines. Celle-là est morte, celle-là mariée, partie loin, celle-ci doit être encore à la prison d'Orléans, elle a empoisonné son mari, une en train de crever à l'hôpital, aucune encore en ville...

Je l'engage à se concentrer sur Nicole. Comme tout le monde, elle ne s'en souvient que très vaguement. « Elle était si timide, elle parlait si peu, on la connaissait pas bien. » Leitmotiv. Mais soudain, quelque chose remonte. Ça se voit à ses mains qui se mettent à trembler légèrement, à ses yeux qui cherchent à accrocher quelque chose au plafond, à ses lèvres qui ne savent pas par où commencer. C'est le fameux épisode de la remise des prix.

Elle dit :

« Ah ! bon sang oui ça me revient. Oui ça je me souviens... C'est le jour du certificat d'études. On était dans la cour du château, pour la cérémonie, et le directeur annonçait les noms de celles qui étaient recalées, de celles qui étaient reçues. Ordre alphabétique. Je me souviens que votre maman était toute pâle et retenait son souffle. Forcément, avec son nom qui commençait par un "R", elle devait attendre longtemps... Tous les parents étaient là. Nicole avait repéré où se tenait sa mère, au fond de l'assistance, comme d'habitude, toujours discrète. D'où elle était, c'est sûr, sa mère n'entendait rien, y avait pas de sono à l'époque. Quand le nom de Rapaille est arrivé, cité parmi les reçues, votre maman, qui était toujours si réservée, si peu démonstrative, a bondi sur ses pieds. Elle s'est mise à faire de grands gestes des bras. C'est ça. Je revois ça. La Nicole debout, agitant ses bras en direction de sa mère, avec une exaltation qu'on a toutes trouvée franchement disproportionnée, pour ne pas dire déplacée. Elle refusait de se rasseoir sur le banc, elle levait ses bras en tous sens, nerveuse, ses yeux brillants rivés sur sa mère, avec au bord des lèvres un cri qui, s'il était sorti de ses poumons, aurait percé nos tympans. On en était même gênées pour elle. »

J'aurais tant aimé, chaton, être une de ces mères massées devant les grilles d'un lycée un jour de résultats du bac, le cœur battant, les bras tremblants, prête à recevoir n'importe quelles larmes, celle du dépit ou celles de la victoire, et à te serrer contre moi longtemps, avant que tu partes faire la fête avec tes copains. Tu serais en terminale cette année. Je me demande si tu m'aurais demandé de t'aider à réviser...

Alors j'imagine Nicole, son exubérance, sa joie revancharde, et surtout la promesse pour sa mère : *Je te promets, maman, j'apprendrai, j'étudierai, je s'rai pas comme vous, pas comme toi ma pauv' mômam, je te promets, je ne me marierai jamais, je s'rai moderne, je s'rai libre.*

Nicole le poing levé pour la première et dernière fois de sa vie.

Nicole à 14 ans sur les bancs d'une école pour la dernière fois de sa vie.

La voix de Dany Duval s'éteint. Il n'y a pas d'horloge dans la pièce, mais c'est typiquement le moment où son tic-tac deviendrait pesant. On est très seules soudain toutes les deux. Moi plus que jamais vacillante au bord du gouffre qui a englouti mes deux mortes ; la vieille dame sans doute cernée par ses propres spectres. Elle relève sur moi son regard qui n'avait pas quitté la photo de classe pendant tout son discours. Ses yeux sont très pâles, absents. Il fait très chaud. L'église Saint-Étienne sonne les vêpres. Je comprends que je ne tirerai rien de plus de Dany. Je ne me rappelle plus comment on s'est dit au revoir. J'ai fermé la porte en emportant l'odeur de son chandail violine tricoté main, un mélange d'eau de Cologne et de fuel frelaté, de point mousse qui mousse plus.

Quand je suis ressortie dans la rue, tous les commerces avaient fermé. Les enseignes étaient éteintes, y compris celle de TV – Hifi – Électroménager. La place était déserte. Ma voiture attendait seule sur le parking. J'ai pris la route pour le petit hôtel que j'ai déniché à quelques kilomètres de là, qui fait aussi tabac-presse-épicerie. En roulant j'ai mesuré à quel point je n'avais pas appris grand-chose, combien les coins de voile soulevés retombent aussitôt en poussière, en cendres, en pellicules indéchiffrables qui figent tout dans un éternel sépia crasseux.

Le prochain repère dans la boîte à chaussures, c'est toujours au Blanc. C'est novembre 1954. C'est la mort de Charlotte, un an et demi après l'épisode du certificat d'études.

3

Si l'on sait que la saison du mimosa en France se situe fin février – du moins avant ce qu'on appelle aujourd'hui le réchauffement climatique –, si l'on se souvient du malaise qui s'emparait de Nicole chaque fois qu'un bouquet des fleurs de cet arbre lui saisissait les narines, on peut en déduire que Charlotte était à l'hôpital dès le début de l'hiver 1954, le fameux, le cruel, le tueur, celui de l'appel de l'abbé Pierre. Sans doute sa maladie fut-elle longue. Charlotte à l'hospice, mourant dans le parfum des pompons canari, Charlotte s'éteignant loin de sa Brie natale, Charlotte pinçant ses joues pour leur redonner un peu de couleur à l'heure de la visite quotidienne de sa fille.

Mais où est Fernand ?

Où sont les hommes ? Qui a pris la photo ?

J'ai glané quelques informations sur les femmes, mais rien sur l'Homme.

Son existence semble soufflée comme une cendre sur un plastron. Aucune trace, aucun indice.

Travaillait-il ? Avait-il des copains ? De pétanque, de boisson, de turbin ? Rapportait-il quelques sous à la maison, ou vivait-il aux crochets de Charlotte ? Il est d'abord « le client », puis « l'amant », puis « le père biologique », mais il n'a pas de métier. Dans la cassette du dictaphone, Paulette dit « imprimeur peut-être ? », très évasivement, pour dire quelque chose, pour faire plaisir, sans conviction. Elle n'en sait rien, c'est manifeste. Nous n'en saurons rien.

Tout ce que je sais, c'est qu'il est mort au Blanc. J'ai trouvé le certificat de décès à la mairie. J'allais en partir, après avoir fait photocopier celui de Charlotte, quand une question m'a sauté à la gorge : qu'est-ce qu'il a fait, le gars, après la mort de sa conquête briarde ? Est-il retourné en Seine-et-Marne ? Est-il resté ici ? Je suis revenue sur mes pas, et j'ai demandé à la préposée si un certain Fernand Bellenger apparaissait aussi dans les registres de décès.

Il est resté. Il est mort ici, le 25 septembre 1964, dix ans après Charlotte. À cette date il était toujours domicilié place de la Palisse ; par ailleurs, le document dit qu'il a été retrouvé mort, par une passante, rue des Bazinelles. Sur le plan de la ville, je constate que la rue des Bazinelles est tout près du cimetière. Je vois Fernand ce jour d'automne, marchant avec des fleurs vers la tombe du grand amour de sa vie, sentant soudain l'air lui manquer, ses muscles se tétaniser, son côté gauche le pincer. Fernand foudroyé par une crise cardiaque en montant la côte du cimetière. Je vois même le bouquet de dahlias dispersés dans sa chute, les taches rouille, jaunes, vermillon, mouchetant l'asphalte autour de son cadavre encore chaud.

Dans la petite chambre d'hôtel où j'ai trouvé refuge, j'ouvre encore une fois la boîte à chaussures. J'écris au dos des trois photos identifiées par Daniel les précieuses informations qu'il m'a fournies. *Bords de Creuse*, *Foire de la Saint-Martin*, *Place de la Palisse.* Je parcours les autres, nombreuses, qui semblent condamnées à rester indéfectiblement muettes. Je les examine à en avoir les yeux qui pleurent, comme si la larme acide et rageuse qui tomberait de mon iris sur l'argentique allait agir comme un nouveau révélateur, faisant surgir de force une date, un nom. Mais rien.

Je sors de leur enveloppe les petites images pieuses de missel. Je regarde les deux qui parlent de ces « tristes journées » et de « cette grande épreuve ». Au recto de l'une est imprimé : *Il faut avancer malgré la nuit.* Sur l'autre il est écrit : *Rends-moi disponible, Seigneur.* Je les retourne et déchiffre au verso les signatures : Denise, Janine. Je rapproche la photo de classe, où j'ai essayé d'enregistrer à la hâte les noms que Dany mettait sur les visages. Denise, Janine. Je les vois. L'une porte une blouse à carreaux et une frange courte ; l'autre un col Claudine et des tresses en macaron. Au bas de la carte de Janine, je découvre une date que je n'avais jamais repérée, minuscule et à moitié effacée : 28 novembre 1954. J'extirpe de la boîte à chaussures l'avis de décès de Charlotte : 27 novembre 1954.

... Ma p'tite maman, 15 ans, a perdu sa mère. Moi je vivrai avec la mienne jusqu'à mes 19 ans. Quatre inestimables années de plus...

La tête me tourne un peu. La route, la fatigue. Des émotions étranges, brouillées. Les voix des petits vieux chevrotent dans mes oreilles une cacophonie de sons en lames de rasoir. L'hôtel est parfaitement silencieux. Je dois être la seule cliente. J'ai oublié de manger, mais j'ai une bouteille de whisky dans mon bagage. Je pleure. Camille me manque. Je m'endors après m'être fixé un programme pour le lendemain avant de quitter Le Blanc : chercher au cimetière la tombe de Charlotte, celle de Fernand. Rappeler Daniel avant son départ pour les Vieilles Canailles. Il m'a promis de passer un ou deux appels dans son entourage.

Dans la boîte à chaussures, le prochain indice est une carte postale adressée à ma mère en juin 1955 : *chez Madame Vallée, Haut du quai, habitation 1/28. Contrexéville.*

Le lendemain, au téléphone, Daniel, très désolé, m'a fait savoir que personne ne lui avait fourni de quoi me permettre d'avancer.

Le lendemain, au cimetière, je n'ai pas retrouvé les tombes de mes grands-parents. Sans doute les concessions avaient-elles été payées pour dix ans, pas plus. Il faudra que je pense à renouveler celle de Camille en 2023.

J'ai parcouru méthodiquement les allées. La récente Toussaint avait pomponné les stèles de gerbes flamboyantes. Je devais parfois écarter une bruyère ou un pot de chrysanthèmes pour lire le nom sur les plaques, tout en sachant qu'il serait plus cohérent de me diriger vers les tombes abandonnées, fêlées, dévorées par les mauvaises herbes. Qui donc pourrait encore fleurir les tombes de Charlotte et Fernand ?

Dans le silence de novembre et la grande paix des morts, mon petit théâtre, lesté de fiction hésitante et d'acteurs chimériques, décide d'une autre scène. Chaque tableau comme une écluse au canal où flottent mes disparues.

C'est l'enterrement de Charlotte, un chapitre déchirant, un mélo digne des *Misérables,* un épisode avec mouchoirs et gémissements, qu'on peut situer le 29 novembre, ou bien le 1er décembre de ce mémorable hiver.

Très peu de monde, un crachin glacé, tenace.

Fernand tient la main de sa fille, ma mère, 15 ans. Ils sont penchés au-dessus du trou, et ne pleurent ni l'un ni l'autre. Un prêtre recruté on ne sait comment, sans doute par la paroisse de l'école, prononce les phrases de circonstance, pressé d'en finir, comme tout le monde. Paulette et Victor ont fait le déplacement depuis Contrexéville. Paulette déjà enceinte du deuxième, celui que je suis censée avoir connu, mais dont je ne me souviens pas.

Pour Paulette, la mort de Charlotte, c'est vraiment une tuile. Nicole est mineure ; Fernand, aux yeux de la loi, ne peut pas la prendre avec lui sans être accusé de kidnapping ; et Émile, qui s'est remarié, ne veut pas en entendre parler...

Alors cette gamine, cette bâtarde dont on a longtemps voulu lui faire croire qu'elle était sa sœur, va devoir vivre avec eux à Contrexéville ! C'est quand même un comble ! L'affaire est déjà arrangée avec Fernand, avec Victor. Ils sont d'accord. Ils n'ont pas le choix.

Un peu à l'écart pendant les obsèques, Paulette contemple les dos de ces deux parias, l'amant honni, la demi-sœur détestée. La gosse est voûtée par le chagrin, la pluie qui ruisselle sur son ciré bleu renforce l'avachissement de ses épaules vers les bords de la fosse. Fernand, accablé lui aussi, est engoncé dans son manteau trop étroit, le poignet dépassant de la manche pour enfermer la main de Nicole faisant l'effet d'une patte de poulet. Deux silhouettes désolées, qu'il va bientôt falloir séparer. Paulette entend déjà les cris, les larmes et les hurlements de la gamine quand on devra l'emmener, trancher ce lien que père et fille ont tissé dans le secret d'un foyer clandestin, dans la douceur d'un trio tout vibrant d'amour partagé. La vieille jalousie fait remonter aux joues de Paulette une cuisante rougeur de colère que le froid se charge de déguiser en gerçure de saison. Elle a fait sa vie maintenant ! Pourquoi faut-il qu'elle s'embarrasse de cette morveuse ingrate qui va perturber son ménage et lui occasionner des frais supplémentaires ? Fernand a bien promis qu'il enverrait quelques sous, mais comment faire confiance à ce sale type qui a toujours menti ? Ah ! elle s'est bien arrangée pour lui pourrir la vie jusqu'au bout, la Charlotte !

Quand elle verse une poignée de terre sur le cercueil de sa mère, madame l'épouse du caporal accompagnerait bien son geste d'un crachat définitif ; au lieu de quoi elle marmonne quelques méchants mots qui peuvent passer pour une prière.

Puis il faut retourner place de la Palisse, où personne n'a préparé ni vin chaud ni pâtisseries. Dans l'entrée il y a une petite valise en carton, de celles qui font immédiatement penser aux exodes, aux déportations, où Nicole a rassemblé ses quelques affaires. Les yeux tout rouges et le cœur en vrac, le nez gercé par le frottement du mouchoir en grosse toile, les narines obsédées par le mimosa où s'éteignit sa mère, je la vois glisser dans son bagage un unique souvenir de Charlotte... Mais quoi ? Quel bibelot ? Quel bijou ? Quelle pièce de tissu ?

Durant les dix-neuf ans que j'ai passés avec elle, jamais elle ne m'a présenté un seul objet qui aurait appartenu à ma grand-mère... De Camille, dans mon porte-monnaie, il y a une boucle d'oreille dont je ne me sépare jamais. Et je porte parfois une de ses écharpes, la bleue.

Claquement de portière s'ils sont en voiture, sifflement de locomotive s'ils sont en train. Adieu Le Blanc, les copines, les flirts de bord de Creuse, la boulangère qui lui offrait parfois un pithiviers, les longues heures à faire ses devoirs sous l'ampoule de la cuisine, regardant sa mère coudre et lui sourire chaque fois qu'elle relevait le nez de son ouvrage.

Direction Contrexéville (alt. 344 m, 1 700 hab. en 1954) où ma mère va vivre sept ans dans le ménage de sa sœur ; sept ans dont elle n'a strictement jamais parlé. Je me souviens juste de ces mots échappés au cours d'un Noël chez ses beaux-parents, qui la pressaient de questions sur son passé : *Ah ça ? C'est mes années Cendrillon !* avait-elle lancé dans un rire trop futile.

C'est aujourd'hui dimanche, tiens, ma jolie maman
Voici des roses blanches, que ton cœur aime tant
Va, quand je serai grand, j'achèterai au marchand
Toutes ses roses blanches, pour toi, jolie maman.
Au printemps dernier, le destin brutal,
A frappé la blonde ouvrière.
Elle tomba malade et pour l'hôpital,
Le gamin vit partir sa mère.
Un matin d'avril parmi les promeneurs,
N'ayant plus un sou dans sa poche,
Sur un marché tout tremblant le pauvre mioche,
Furtivement volait des fleurs.
La marchande l'ayant surpris,
En baissant la tête, il lui dit :
C'est aujourd'hui dimanche et j'allais voir maman.
J'ai pris ces roses blanches, elle les aime tant,
Sur son petit lit blanc, là-bas elle m'attend.
J'ai pris ces roses blanches pour ma jolie maman.

CONTREXÉVILLE

Maman on va cueillir des pâquerettes
Au pays des merveilles de Juliet

«Place Yves-Simon – Chanteur et écrivain – Enfant de Contrexéville.»

C'est ce qu'on lit sur la plaque.

Savait-elle, ma mère, que le gosse de 10 ans aux yeux canaille et aux cheveux noirs ébouriffés, qui taquinait ses petits neveux quand elle les promenait au square, allait devenir la vedette dont elle claironnerait les refrains à la mode quinze ans plus tard ?

Maman on va cueillir des pâquerettes
Au pays d'Nicole aux oubliettes

... et des marguerites et des aigremoines aussi, celles qui couvrent les rives du lac de la Folie, où les curistes viennent consolider leur régime en y trottinant très sérieusement ; et aussi celles qui poussent entre les dalles disjointes du portique de l'établissement thermal, ou encore au pied du kiosque à musique en bois blanc, défraîchi comme les vieux pédalos ou les villas rococo qui se délabrent paisiblement sur la façade atlantique. Fin 1954, quand Nicole arrive dans la ville, sans doute le repeignait-on chaque printemps, pour que son vernis bien laqué fasse écho à l'or des cuivres des musiciens qui s'y installaient les fins de semaine, pour divertir les riches curistes et les habitants endimanchés. On peut même imaginer les deux familles, les Vallée, prolos galonnés de la base aérienne, et les Simon, prolos crasseux de la Société nationale des chemins de fer, se saluant timidement, assises au même rang devant la gloriette, avec les garçonnets dont les pieds ne touchaient pas plus le sol que leur raie gominée ne restait droite sur leur tignasse, avec les parents, un peu empruntés dans leurs habits du dimanche, tous avec les joues trop rouges, les femmes à cause du fard, les hommes à cause du rasoir. Nicole, 16 ans, raide sur sa chaise, sentant le savon, sentant aussi le regard des jeunes hommes brûler sa nuque, écoute son cœur craqueler de chagrin malgré les accords entraînants de la fanfare. Charlotte lui manque. Elle est l'Orpheline, élevée au carré, au cube même. Dans l'alignement du kiosque à musique se dresse le dôme élégant de l'établissement thermal. Elle se dit qu'avec une cure, peut-être, sa mère aurait...

Maman on va cueillir des violettes
Au pays où les morts font la fête

... avec une prise de sang, peut-être, Camille aurait...

Elles ont 16 ans toutes les deux maintenant. L'une pour toujours, à l'autre il reste encore trente ans à vivre.

Le charme désuet, comme on dit, des villes d'eaux et des vieux sanatoriums commence à opérer sur moi à la façon d'un anesthésiant cafardeux. J'ai comme un engourdissement de la pulsion généalogique, une paralysie de l'obsession chronologique. J'ai envie de me laisser couler dans un bassin d'eau chaude et médicale, et d'y compter les petits carreaux de céramique bleue avant de lâcher l'aiguille au fond de la piscine, de la remettre dans sa botte de foin.

J'ai bien compris en parcourant la ville que je ne trouverai pas grand-chose ici.

L'adresse de la carte postale, le mystérieux *Haut du quai,* ne figure sur aucun plan. Ça ne dit rien non plus aux patrons de l'hôtel où je suis descendue, ni à la dame de l'Office du tourisme. La base aérienne où Victor a pris son nouveau poste est désaffectée depuis 1999, totalement rasée, c'est un terrain vague. En 1999 on commençait à réhabiliter le patrimoine industriel pour le transformer en complexe sportif ou culturel, mais on ne touchait pas encore aux friches militaires. Par ailleurs, j'apprends à la mairie que la loi interdit à toute personne qui n'est pas en ligne directe de consulter les registres de naissance datant de moins de soixante-quinze ans. Donc la loi m'interdit de savoir si j'ai bien des cousins nés ici. Paulette a eu trois garçons.

Le premier est né au Blanc, le troisième à Belfort, il est presque certain que celui du milieu est né ici. Mais je n'ai aucun moyen de le vérifier. La loi, c'est la loi. Les écoles peut-être ?

Au soir du premier jour je suis bredouille, je regagne ma chambre de l'hôtel de Lorraine sans douche ni télé, je sors mes petits tickets de carte bleue, je calcule : essence, péage, nuitées... Je peux m'offrir cette « enquête » grâce à l'héritage de Camille, l'argent mis de côté pour ses études, basculé au compte des miennes, si vaines. Je pense à la jubilation de Nicole quand elle a eu son certif ' chez les bonnes sœurs ; à ma gamine qui n'a même pas passé son bac ; à moi qui vis au-dessus de mes moyens, dans tous les sens du terme, dans le luxe noir de la douleur.

Le lendemain matin, après un deuxième passage à la mairie, où mon insistance a fini par émouvoir – exaspération ou zèle républicain, je ne saurai jamais –, on me dit de revenir à 14 heures où *une dame qui s'occupe des archives pourra peut-être vous renseigner.*

En attendant j'erre à pied dans la ville, si petite que je connais déjà les rues par cœur. Je corrige mon pas – trop vif, trop sonore avec mes talons parisiens – pour l'aligner sur celui des innombrables retraités qui convergent en tongs vers les Thermes par couples bedonnants. Les femmes ont les cheveux taillés selon le fameux principe de la coupe courte facile d'entretien, elles sont luisantes de crème solaire et leurs avant-bras ont la taille de mes cuisses ; les hommes sont légèrement plus sveltes, mais leur pas est plus traînant, comme dévitalisé.

Mon regard glisse sur les façades rétro des grands hôtels continentaux. L'Office du tourisme a édité un petit dépliant, où sont recensés les personnages célèbres qui y sont descendus à la grande époque des cures thermales : le shah de Perse, la grande-duchesse Wladimir, des ministres, des généraux... Yves Simon ne figure pas parmi les personnages célèbres de Contrexéville qui séjournaient dans les grands hôtels...

Maman on va cueillir des pâquerettes
Au pays des merveilles de Cosette

L'hôtel La Souveraine a fermé ; le Continental, celui où logeait la Kommandantur, est devenu un lycée professionnel ; en revanche le Cosmos semble encore prospère, ainsi que Les XII Apôtres. Toute en courbes et arabesques, l'architecture 1900 renvoie ma quête à sa dimension vieillotte et tordue. Je me sens vieillotte et tordue. Je traque chaque passant un peu âgé qui n'a pas l'air d'un touriste, prête à bondir à sa rencontre : a-t-il fréquenté la base 902 entre 1953 et 1960 ? Sait-il ce qu'on appelait le Haut du quai ? Avait-il dans sa classe de maternelle des enfants dénommés Vallée ?... À quoi bon... Je me rends compte qu'objectivement ce sont des centenaires que je cherche. Et je ne me vois pas harceler des vieillards, avec mon petit carnet sous le bras, dans les couloirs des maisons de retraite de Contrexéville. Seuls les arbres du parc du Casino sont honorablement centenaires, magnifiques ; on pleure ici leur chute à chaque ouragan trop furieux attribuable au fatal « dérèglement climatique »...

Je reprends la voiture, je tue le temps, je vais traîner à l'hippodrome. Je déambule sur le gazon, devant les guérites d'un autre temps, sur les gradins protégés par une marquise de bois blanc savamment ajourée. On dirait le décor parfait « Belle Époque » pour un réalisateur qui tournerait une scène où un couple illégitime de l'aristocratie française se donnerait rendez-vous, dissimulé dans la foule des courses ; elle, chapeau à large bord noué sous le menton par une mousseline blanche, lui, canne à pommeau et redingote de drap sombre...

Puis je vais jeter un œil à l'usine d'embouteillage, cathédrale bleue et blanche aux armes de Nestlé, dont j'ai lu toutes les péripéties économiques depuis la découverte des vertus de la source, et qui n'embauche plus depuis longtemps. L'entrée est interdite à toute personne non habilitée, alors il me faut trouver un autre but d'errance en attendant 14 heures. Je me rends finalement sur le site de la BA902, totalement rasée, magma de caillasses et d'herbes folles, où des poutrelles rouillées vous font des croche-pied tous les dix mètres. Le site est en accès libre, tous les gamins du coin peuvent y choper le tétanos, tous les drogués du canton peuvent s'y shooter à la belle étoile, mais ça n'a pas l'air d'inquiéter les autorités...

Je fais un bouquet de fleurs sauvages qui crèveront l'heure d'après.

L'aiguille est bien profond dans la botte de foin. Base aérienne, usine, hippodrome... Décors imbéciles, sédatifs, muets : ma mère n'allait pas aux courses ; je ne vois pas quel temps libre lui laissaient ses heures d'esclavage familial pour flirter avec un jeune ouvrier qu'elle serait venue attendre à l'heure de la débauche ; et si, par bonheur, elle avait foulé les allées de la cité militaire, difficile de se sentir dans ses pas au milieu des mottes de terre, des chutes de béton fracassé, et des éphémères coquelicots.

Maman on va cueillir des pissenlits
Au pays des ruines et des orties

C'est l'heure du déjeuner quand je rentre en ville. À travers les vitres des restaurants et sur les terrasses, je vois tous les curistes attablés, une grande bouteille de Contrex devant eux, mangeant de fringantes assiettes de légumes bouillis, orange-carotte, vert-brocoli, blanc-navet. De jeunes garçons en habit les prélèvent habilement dans des bols en argent disposés sur un lourd plateau, avec ce geste de pince entre deux cuillères qui fait la réputation des écoles hôtelières françaises. Décidément, le XXIe siècle ici n'est pas encore arrivé. J'achète un sandwich à la boulangerie que je picore dans mon petit pull marine.

14 heures. Je retourne à la mairie. À Coulommiers, au Blanc, mon cœur battait chaque fois que je franchissais le seuil des bureaux d'état civil. Aujourd'hui, non. Ici, non. J'ai le pressentiment que la dame des archives ne me sera d'aucun secours. Quand je la vois, c'est confirmé : elle est beaucoup trop jeune, je veux dire elle a moins de cent ans. J'expose ma

requête sans fébrilité, presque trop calmement, avec déjà dans la voix le ton des vaincus, un ton qui l'excusera si elle ne sait rien.

Aide-toi, Contrex t'aidera !

Elle ne sait rien. Contrex ne m'aide pas.

Elle aura quand même un petit caillou à semer dans ma Forêt obscure : la localisation sur le plan de la ville, par un cercle dessiné avec la mine bien taillée de son crayon, du fameux *Haut du quai,* cité HLM sur les hauteurs à l'est de la ville, où, m'assure-t-elle, l'armée logeait les sous-officiers des débuts de la base aérienne.

Je reprends la voiture ; j'aurais tout aussi bien pu y aller à pied tant la ville est petite, je l'ai déjà dit, recroquevillée sans faire de bruit dans sa lente mort annoncée, comme les bouquets de lis et de roses rencognés dans les angles des cartes postales art déco qu'on vend partout ici.

Je m'attendais à trouver une ZAC sordide dont les banlieues d'Île-de-France nous ont donné la honteuse habitude ; en fait, c'est très coquet. La construction « années cinquante » donne un côté rétro, les immeubles bien entretenus ne dépassent pas deux ou trois étages, ils sont répartis sur des pelouses proprettes devant lesquelles on peut fermer des volets de bois aux couleurs chantantes. Je suis frappée par ce détail : il existe encore au pied des bâtiments de longs séchoirs à linge collectifs ; des dizaines de lessives pendent joyeusement, insoucieuses des secrets qu'elles révèlent, tour de poitrine de madame, club de foot favori du cadet, usure des caleçons de monsieur. On voit aussi des paraboles aux balcons et des femmes enfoulardées aux abords de la maternelle... On pourrait se croire projeté dans la réalisation idéale d'un vivre-ensemble de mixité sociale et confessionnelle, version écolo ; un projet-pilote sur lequel associations de quartier, comités des fêtes, et même quelques élus auraient planché. Mais en 1955 c'était la zone, la périphérie, une tache dissimulée aux yeux des curistes, un comédon graisseux où les princes, les divas et les administrateurs des colonies ne risquaient pas de s'aventurer.

Pauvre maman, séquestrée des années dans ce trou des Vosges, à l'âge où Yves Simon s'envolait pour un grand lycée nancéen, en train de frotter jour après jour les couches des morveux, de briquer le petit trois-pièces toute la sainte journée... Je l'imagine traverser la rue le matin, les yeux cernés et les hormones bravaches, tirant un peu trop fort la main de l'un ou l'autre des gamins pour le conduire à l'école. Et puis vite retourner chez Paulette, lessive, ménage, préparation du déjeuner... Je me dis que sa grande sœur se prélasse au lit, se lève tard, effectue paresseusement un ou deux travaux de couture commandés par les femmes d'officier, fait la sieste, rêvasse, fantasme sur un bain aux Thermes, houspille à chaque instant celle qui est devenue sa bonniche, pour un rien, un cendrier pas vidé, une odeur de caca, des nouilles trop cuites. Où donc ma mère aurait-elle appris le plaisir de faire à manger ? Je comprends mieux son aversion pour la cuisine, son inaptitude aux fourneaux...

Et puis, vers 18 heures, Victor revient de la base, sanglé dans son uniforme très modérément médaillé qu'il s'empresse de quitter pour enfiler une de ces invariables tenues que je lui connaîtrai plus tard : polo en acrylique naviguant du gris-bleu au bleu-gris, col en V à petits boutons, et pantalon sans forme d'une nuance plus foncée. Charentaises. Veste en molleton. Ce type, je me souviens, avait la lèvre molle, un grand front, et ne bougeait de son fauteuil que pour remonter le coucou. Paulette/Javotte déverse alors contre Nicole/Cendrillon des tombereaux de doléances : elle a laissé sortir le petit sans cache-nez, elle a volé la monnaie des patates, elle a oublié de rentrer le linge, elle a encore reçu une carte postale d'une de ces dévergondées du Blanc... Victor laisse pisser ; quand il croise le regard de ma mère, il a l'air de l'inviter silencieusement à copier sur lui une digne indifférence : « Qu'est-ce que tu veux que j'y fasse, cocotte ? » Pendant le repas Paulette râle encore : quand aura-t-il sa promotion ? Quand lui donnera-t-il l'argent pour le mazout ? Sait-il que le petit doit maintenant porter des lunettes ? Elle en a gros sur le cœur peut-être aussi, la Paulette... Depuis qu'il est guéri et remarié, son papa chéri ne lui écrit même plus. Quand parfois Nicole reçoit une lettre de Fernand, son papa à elle, elle en pleurerait de jalousie. Elle pourrait la déchirer. La lettre, ou bien Nicole, elle ne sait même plus. Alors Victor, qui est forcément un sous-Émile, fait les frais de cet abandon, et voit la rieuse paysanne de Coulommiers, épousée un jour de pluie pour un long roman-photo, se métamorphoser sous ses yeux en mégère grincheuse et prévisible. « Te marie jamais », qu'ils disaient les copains...

Plus tard dans sa chambre (avait-elle seulement une chambre à elle ?), Nicole rumine des plans de fugue, maigrissant de colère, priant pour que Dieu lui envoie non pas un amoureux, mais un ravisseur, s'entraînant à dessiner au crayon gras la couture d'hypothétiques bas Nylon le long de ses mollets d'alouette. Ça, je sais qu'elle savait le faire, elle m'avait montré une fois. Je l'aurais bien montré à Camille. C'est un des seuls trucs un peu rigolos qui raconte la condition des pauvres – même orthographe pour les deux genres –, leurs astuces de tricheuses, leurs bluffs d'invétérées coquettes, écrits sur le corps.

Demain c'est décidé, avant de partir, j'irai aux Thermes me payer un « modelage complet aux huiles orientales ». J'offrirai ces caresses de luxe à mes glorieuses souillons, fille, mère, qui écrivent leur coquette éternité dans mes pores et dans mes muscles.

Maman on va cueillir des pâquerettes
Au pays des merveilles des p'tits spectres

Et je ne veux pas non plus quitter Contrexéville sans rendre hommage à Pipo, vieux Sicilien installé au pied des Thermes depuis cinquante ans, que j'ai vu louvoyer entre les tables de sa pizzeria tel un danseur de tarentelle, manipulant des régiments de parasols comme un chef opérateur dispose ses projecteurs, attentif au confort de chacun : *Ne laissez donc pas les bambini en plein soleil !* Et si madame préférait l'ombre, tandis que monsieur soignait son bronzage, il trouvait l'inclinaison parfaite. Nul doute que la générosité de ses plantes en véranda doit tout à celle de son cœur. Dans chaque ville, je trouve un établissement où je prends mes habitudes ; et chez Pipo, dès le deuxième soir, le prosecco m'était offert. Tous mes caprices – la sauce provençale sans poivrons, la marguerita avec beaucoup d'ail – passaient pour des lubies de star et, malgré le maigre montant de l'addition – non merci, pas de fromage, pas de dessert –, il me servait avec dévotion, m'interrogeant chaque soir sur l'avancée de mes recherches. Quand il lisait l'échec de la journée dans mon pauvre petit sourire chiffonné, il me lançait un vivifiant *andrà meglio domani !* À l'inverse de Daniel au Blanc qui remua la Ville Haute, la Ville Basse, et même le lit de la Creuse pour dénicher des indices, Pipo, en tant qu'indic, ne me fut pas utile. Mais je suis sûre que pour m'aider il aurait bouché la source de l'eau magique !

Dans quelques mois, l'avenir de ma mère, lui, va se déboucher...

Victor reçoit un nouvel ordre d'affectation. En 1961, sous la pression du général de Gaulle, le discours de l'armée annonce « la réorientation des moyens militaires vers la gestion de la tension entre le bloc de l'Ouest, dit "libéral", et le bloc de l'Est, dit "communiste" ».

Modernisation des appareils, mouvements de troupe, professionnalisation. La mutation de Victor, à bien y regarder, s'apparente davantage à une rétrogradation qu'à une promotion. La sophistication des moyens techniques concentrait sur les bases aériennes la crème des techniciens supérieurs. On affectait les vieux grognards au démontage des aéronefs (la flotte française en comptait encore de nombreux), et on recrutait de jeunes mécaniciens pointus pour les Mirage et les Ouragan. Victor n'avait sans doute pas les compétences techniques, et le dernier dirigeable liquidé, on l'expédie dans une banale caserne d'infanterie à Belfort (alt. 605 m, 48 000 hab.). Javotte, la mort dans l'âme, s'apprête à faire les cartons, se demandant quelle fantaisie puérile avait bien pu la pousser à épouser un minable pareil, se demandant encore pourquoi diable le sort s'acharnait sur elle, se demandant enfin ce qu'elle allait bien pouvoir raconter aux quelques femmes d'officiers qu'elle avait fini par s'attacher, à l'aide d'une fable cousue de fil blanc qui les avait émues.

Le même fil qui tient ces pages ensemble...

Mon père m'a donné un mari, mon Dieu ! quel homme, quel petit hom-me

Mon père m'a donné un mari, mon Dieu ! quel homme, qu'il est petit !

Dans mon grand lit je le perdis, mon Dieu ! quel homme, quel petit hom-me

Dans mon grand lit je le perdis, mon Dieu ! quel homme, qu'il est petit !

[...]

Fillettes qui prenez un mari, mon Dieu ! quel homme, quel petit hom-me

Fillettes qui prenez un mari, ne le prenez pas si petit !

BELFORT

1

Dans le synopsis officiel de sa « vie d'avant », dont ma mère nous livrait quelques planches au compte-gouttes, il y a une scène que, pour une fois, elle confiait sans rechigner. C'était son fait d'armes, son acte de bravoure. J'aimais la lui entendre raconter, surtout parce qu'elle était toujours un peu pompette quand elle en entreprenait le récit, et qu'alors lui montaient une excitation et un rouge aux joues qu'on lui connaissait peu. La séquence s'intitule : « La lettre à Victor ».

Raconte, maman, comment tu es arrivée à Belfort...

Quand il reçoit son ordre de mission pour Belfort, Victor s'y rend quelques semaines avant pour choisir un logement, inscrire les gosses à l'école, organiser l'intendance, pour que la même suite de jours monotones et vitreux se reproduise sans heurts de Contrexéville à Belfort. Pendant l'absence du chef de famille, les femmes du Haut du quai, les sœurs maudites, suffoquent sous les émanations radioactives d'un possible fratricide, un sororicide devrait-on dire... Dans la petite cuisine, chaque casserole d'eau bouillante, chaque couteau recèlent un appel au meurtre, et ça pue la haine comme aux pires heures du Montana. Alors Nicole décide quelque chose, elle décide. Les filaments de chagrin, de colère, de ressentiment, de frustration, qui rampaient en tous sens dans son sang, se sont agglomérés pour former une petite boule solide remontée au cerveau, et qui va lui tenir lieu de pensée. De pensée unique : quitter cette famille, mettre un terme à cette captivité de Cendrillon. C'est Victor qui fera la bonne fée. Elle devine qu'elle peut compter sur lui. Soir après soir, en cachette, elle forme le brouillon d'une lettre qu'elle lui adressera, qui sera son manifeste, sa libération.

Cette lettre est perdue. J'aurais bien aimé déchiffrer ses pattes de mouche et voir ce que son certificat d'études lui avait donné comme vocabulaire, comme style, comme orthographe. Est-ce qu'elle a écrit «J'veu plus torché tes marmô»? ou «Ma jeunesse se perd dans les incessantes lessives»?... Est-ce qu'elle disait «ta bonne famme est tro chiène avec moi» ou «Ma sœur et moi avons de la peine à nous entendre»? Je penche plutôt pour une tournure assez châtiée, à cause du passage chez les bonnes sœurs, et de quelques recommandations à la maîtresse ou listes de courses, écrites de sa main, que j'ai eues sous les yeux enfant, établies sans faute.

Quand elle racontait, ma mère finissait par résumer le contenu de la célèbre lettre, se trémoussant sur sa chaise après avoir repris une gorgée de l'unique verre de vin qui avait suffi à l'émécher : « Bon, bref, je lui ai dit que je voulais plus vivre avec eux, et qu'il fallait qu'il me trouve une piaule et un boulot ! »

Et Victor a obtempéré...

Je le ferai, le voyage à Belfort. On appelle ça « boucler la boucle ». Je suis allée dans la ville où ma mère a vu le jour, j'irai dans celle où elle l'a perdu. Pas besoin de carte routière sur les genoux, aucune chance de me faire klaxonner en changeant de file au dernier moment pour trouver la mairie, je n'interrogerai pas d'autochtones pour demander d'où diable peut bien venir le nom de la rivière qui traverse leur ville, pas de chambre d'hôtel : je dormirai chez ma sœur. Avec un petit programme qui passe par l'état civil et des visites aux vieilles dames.

Belfort, j'y suis née. Le nom des rues m'est familier, jusqu'à peu j'y passais chaque Noël, dans le bolduc tout frisottant des souvenirs d'enfance. Il y a cette porte cochère où j'ai fumé ma première clope, ce square où j'ai fait une promesse que je n'ai pas tenue, ce fromager, devenu succursale bancaire, où le patron me glissait sous la langue une lichette de comté 18 mois. Cette fois, je désactiverai ma propre archéologie, j'arpenterai les lieux selon une trajectoire dessinée au compas dont les jambes nerveuses de ma mère feront les branches. L'artère principale, le faubourg de France, a connu, durant sa longue vie pavée, à la fois les escarpins de Nicole, mes mocassins d'écolière et les baskets de Camille. Jamais ensemble cependant... Cette rue est comme la nervure selon laquelle nous raccommoder. Nous trois léchant les vitrines bras dessus, bras dessous, fredonnant *Aux marches du palais,* les pieds dans la même pantoufle de vair.

La Savoureuse... C'est vrai, quel drôle de nom...

Ma mère a toujours dit que la chambre que lui avait trouvée son beau-frère était située dans une petite rue derrière la basilique Saint-Christophe. Mais la boîte à chaussures vient une nouvelle fois brouiller les pistes : Nicole continue de recevoir des nouvelles de ses anciennes amies du Blanc, le plus souvent sous forme de cartes postales, au contenu terriblement convenu, une ligne à la hâte, une signature gribouillée, et c'est tout. En 1961, année d'installation à Belfort, les adresses sont multiples. Il semble que la bonne fée Victor ait eu des ratés dans la baguette magique. La fidèle Denise, par exemple, envoie une «*Promenade des Anglais – Nice – Alpes-Maritimes*» à Mademoiselle Nicole Rapaille, rue Albert-Croizat. Je découvre que cette minuscule rue est tout entière occupée par les bâtiments de l'Évêché... Ma petite Cosette aurait-elle été momentanément hébergée chez les curés ? Se peut-il que son dénuement fût tel qu'elle doive dormir, dans les premiers temps, à l'ombre des cornettes ? Les nonnes de Sainte-Thérèse avaient-elles intercédé auprès de leurs consœurs de l'Est lointain en faveur de la pauvre orpheline ?

Il y a ensuite une vue de la «*Place d'Armes de Poitiers*» avec une grosse bise de la part d'une certaine Myriam, adressée à Mademoiselle Nicole Rapaille, chez Madame Trand, 4, rue de la Croix-du-Tilleul. Qui est cette Madame Trand ? Si c'est une logeuse, il y a de nouveau quelque chose qui cloche puisque cette rue est très éloignée du quartier de la basilique... Y faisait-elle des ménages ? Gardait-elle des gosses ?

La troisième carte postale, en couleurs, représente un bouquetin perché sur un sommet des Alpes. C'est Janine qui écrit, au 3, rue Traversière, entrée B, 6e étage. Là ça colle. C'est une rue qui n'existe plus depuis le réaménagement de la vieille ville, mais des anciens m'ont dit qu'il s'agissait bien d'une venelle tendance coupe-gorge derrière Saint-Christophe. En lisant l'adresse, j'ai de nouveau une sorte de fulgurance mnésique. Mon père racontait souvent une anecdote que j'ai toujours trouvée sordide, mais dont il se délectait sans retenue quand il voulait chambrer Nicole en public, et faire comprendre à ses copains que, décidément, sa nana ne sortait pas de la cuisse de Jupiter. Un soir où il lui rendait visite dans sa mansarde, il avait trouvé, sur le rebord de la fenêtre de ce 6e étage, les restes d'un luxueux foie gras qu'il avait détournés pour elle d'un réveillon. Pensant qu'il s'agissait d'un vulgaire pâté Olida, et obéissant à cet étrange instinct des pauvres, que la misère des plus pauvres encore rend prodigues et charitables, ma mère en avait gavé des nuées de pigeons...

Si la baguette magique de la bonne fée Victor semble avoir failli sur la question du logement, malgré la peine qu'il s'est sans doute donnée, elle a fait jaillir sa gerbe d'étincelles sur la question du job, malgré un relatif manque d'imagination : « Tu seras baby-sitter, cocotte, je t'ai trouvé une famille. Laver des petites fesses et préparer des bouillies, tu sais faire. Présente-toi demain rue Thiers, à 8 h 30, chez Monsieur et Madame Sigrist. »

Rose et Gilbert Sigrist. Madame est parfumeuse, commerce établi faubourg de France, le fameux ; et monsieur est musicien, presque un peu célèbre puisqu'il est l'arrangeur de Gilbert Bécaud. Ils n'ont qu'un seul enfant, Laurent, deux ans. Rose prend la pilule pour choisir l'arrivée d'un second, pendant que son mari parcourt le monde avec son patron à 100 000 volts – ce qui fait dire aux habitants de la capitale de la tarte aux brimbelles (nom local des myrtilles dont nos forêts regorgent), que les échos de la vraie capitale, en pleine contagion hippie, parviennent quand même jusqu'aux bords de la Savoureuse ; pas forcément pour le meilleur, d'ailleurs, avec ces histoires de contraception et ces invitations à faire l'amour plutôt que la guerre.

Nicole devra s'occuper de Laurent de 9 heures à 19 heures, jusqu'à ce que le petit entre en maternelle. Un an et demi de salaire assuré. Ce garçon, quelques années plus tard, sera mon cavalier à je ne sais plus quel mariage ; et, quand dans la nef il a passé son bras sous le mien pour faire comme les grands, j'ai vécu ce qu'on appelle communément un premier émoi amoureux, pâmée sous les accords de la *Marche nuptiale* que mon grand-père, l'autre, celui du côté paternel, jouait pompeusement à l'orgue de Notre-Dame-des-Anges...

Donc Nicole, 23 ans, pépie dans les squares avec bébé Laurent et découvre la vie des parfumeuses et des musiciens. Elle entend des noms pour la première fois : Guerlain, Lancôme... Elle entend des sons pour la première fois : un saxophone, un trombone, du jazz... Pour la première fois elle voit un Noir, un nègre : l'après-midi parfois, dans le studio qu'il a aménagé dans une pièce de l'appartement, Gilbert répète avec des amis. Quand ça sonne à la porte, c'est elle qui répond ; elle ouvre alors sur des énergumènes saugrenus, exotiques, tout droit sortis d'un film, gueules de voyous, odeurs de voyage et de nuit, jeans et cuir, grands étuis bariolés d'autocollants où se cachent leurs instruments mystérieux. Elle fait du café fort qu'elle apporte timidement dans le studio, et risque du bout des lèvres un « Faites pas trop fort, Laurent fait la sieste... » avant de refermer la porte sur cette assemblée mâle, vaguement inquiétante. Elle sait qu'ils seront là jusqu'à la nuit largement tombée.

Le soir elle rentre rue Traversière, rince ses culottes et ses bas dans le lavabo sur le palier, et s'endort dans ses quarante-sept kilos de chair désirante et vierge, dans ses huit mètres carrés où elle apprivoise ce grand démon, la liberté. Parfois, aux alentours du solstice d'été, quand le soleil, comme son corps, manquent de fatigue pour aller se coucher, elle arpente son quartier. C'est le centre historique de la ville, avec des casernes pour poumons et une forteresse pour cœur. Le passé est militaire, la gloire guerrière, l'architecture martiale. C'est comme ça, Belfort. Invariablement, ses pas la ramènent au pied du château. Le jour finissant caresse le grès rose de la citadelle, et le Lion taillé dans la paroi la contemple, comme rugissant des coulées d'or cuivré, semblant lui dire : « Vas-y, ma fille. C'est ta vie maintenant ! » Pourtant, elle n'ose pas encore entrer dans les cafés.

Pendant ce temps, Paulette et Victor se sont installés dans une HLM attribuée par le ministère de la Défense, un petit immeuble en tous points semblable au Haut du quai, où ils continuent à s'ennuyer et à faire des gosses. Le quartier s'appelle la « Pépinière », au sud de la ville – tout le monde dit la Pépi, c'est un coin tranquille, populo, vieillissant. Tous les jours, ils se réjouissent d'avoir échappé aux « Rési », autre cité HLM, au nord cette fois. C'est là que se concentre toute la racaille de la « Peuge[1] », d'Alstom, et de Honeywell-Bull, empilée sur quinze étages, basanée, malpropre, dangereuse. Dans ma classe, enfant, j'ai toujours eu des camarades prénommés Mohamed ou Malika. Fils et filles des ouvriers fraîchement débarqués, c'étaient des enfants polis et travailleurs. Mais ceux pour qui les accords d'Évian restaient en travers de la gorge avaient eu tôt fait de colporter sur les Arabes les rumeurs les plus nauséabondes, et dans les rues proprettes de la Pépi, c'était le sujet préféré des conversations

1. Usine Peugeot de construction automobile, site de Belfort-Montbéliard.

entre commères et retraités. Que la prospérité de leur bonne ville reposât sur l'essor de ce vigoureux bassin industriel, que cet essor eût été rendu possible par l'immigration de masse, voilà des raisonnements auxquels leur esprit étriqué et craintif ne pouvait accéder.

Le dimanche, Nicole se rend parfois à la Pépi, pour embrasser ses neveux, les aînés, et avaler un repas chaud. Elle n'a pas encore l'abattage suffisant pour clouer le bec aux inévitables blagues racistes qui ne manquent pas de fuser entre la poire et le fromage, mais son esprit s'éveille doucement. Les conversations chez les Sigrist lui laissent confusément entrevoir une nouvelle façon de penser. Jusqu'à présent ses jours et ses mots ont toujours été sanglés par des impératifs utilitaristes. Compter, laver, bouffer, économiser, obéir... Maintenant que l'indigence et la douleur perdent du terrain, les lanières de la Nécessité se relâchent. Et des idées, des concepts, se glissent entre les verbes de besoin. Quand ses employeurs lui proposent de rester dîner (ou servir ?) rue Thiers, où souvent s'invitent des amis, on parle de cinéma, de justice sociale, de la « gauche », d'hommes politiques, du système, des « réacs ». Elle essaye de retenir des noms pour pouvoir oser contredire Victor, si un dimanche elle arrive plus tôt et qu'elle le trouve en bas de l'immeuble au terrain de pétanque avec ses potes, débitant, entre deux vagues de grognements véreux, ce qu'elle commence à deviner comme étant des inepties de vieux fachos.

Mais pour l'instant elle tient sa langue, elle n'ose pas encore. Et puis elle l'aime bien, Victor, elle lui doit une fière chandelle. Quand il remonte le coucou, perché sur le tabouret de la cuisine, elle se dit que c'est sa bonne fée qui remonte le mécanisme irréversible de son émancipation. Il l'attendrit, avec ses savates et son chandail gris-bleu, elle se dit que ce n'est pas sa faute, qu'il ne doit pas lire les bons journaux – parce que maintenant elle sait qu'il n'y a pas que «le» journal, mais une presse variée qui dispose de ce qu'on appelle la liberté d'expression.

Après que Victor a remonté le coucou ce dimanche-là, à l'heure du café, Paulette, dont le cou, la taille et les chevilles ont disparu avec l'approche de la quarantaine, et qui a définitivement renoncé aux robes de magazines pour se boudiner sans complexe dans des blouses en Nylon fleuri, lâche un prophétique : «Il faut que je te parle.» Nicole lève les yeux au ciel, tire sur sa clope, tire sur sa jupe, laquelle suscite depuis le début du repas les regards réprobateurs de sa sœur, expulse à grand bruit la fumée de sa Gitane : «Ppff... Quoi, qu'est-ce qu'il y a encore? Je suis majeure, non?» Ce genre d'introduction solennelle à l'heure du café préludait généralement à un chapelet de reproches, sur sa tenue, sur son langage, sur ses fréquentations.

Mais ce jour-là Paulette n'embraye pas le couplet, et tourne vers son mari un regard navré et douloureux. Victor, voyant monter aux yeux de sa femme cette buée qui l'exaspère depuis trois jours, l'encourage en lui tapotant la main : «Ben, vas-y! Parle!»

Paulette prend une profonde inspiration : « Ton p... Enfin... Mon père est mort jeudi. »

Le coucou piaule le quart d'heure.

Paulette renifle bruyamment, sort un mouchoir de sa manche, et relève ses lunettes pour tamponner ses yeux. Au loin, on entend les cris assourdis des garçons qui jouent aux cow-boys dans une autre pièce. Tout le monde se tient immobile, tout le monde se tait. N'étaient les petits bruits que produit Paulette en pleurnichant et les volutes dansantes d'une nouvelle Gitane, on pourrait croire à une statue de groupe, à une photo.

Le coucou croasse la demi-heure.

« Qu'est-ce que tu veux qu'ça m'foute ? » laisse tomber Nicole en écrasant son mégot.

Elle rassemble ses clopes, son briquet, commence à enfiler le cardigan qu'elle avait déposé sur le dossier de sa chaise.

« Mais tu veux pas savoir comment il est mort ? T'iras au moins à l'enterrement ? Il t'a élevée, quand même ! »

Elle rafle les trois ou quatre morceaux de sucre qui restaient dans les soucoupes à café, les fourre dans son sac à main.

« C'est plus mon histoire. »

Elle se redresse. Elle porte une robe blanche façon Courrèges, gansée de noir à l'ourlet et l'encolure, le sein gauche cadré par une bande géométrique de même couleur ; elle gagne le fond de l'appartement en faisant sonner ses talons – elle a refusé de mettre les patins...

« Mais, Nicole ?... »

Elle attrape dans l'entrée le petit chapeau qu'elle a pu s'offrir avec ses premières paies, lance à la cantonade un « À dimanche prochain ! Merci pour le déjeuner ! » et claque la porte.

« Cou-cou », fait le coucou.

2

L'entrée à l'école du petit Laurent en septembre 1963 éloigne de Nicole la garantie d'un salaire et la chaleur d'un foyer de substitution. Même si Rose rentre tard, peu soucieuse de libérer la baby-sitter, jamais vraiment pressée de regagner le foyer, semant les pétales de son rire et les épines de ses potins tout le long du faubourg après la fermeture du magasin ; même si Gilbert laisse partout dans l'appartement des nids de cendres puantes échappées du cigarillo qu'il tète à longueur de jour et de nuit, Nicole se sent bien dans le sillage fantasque de la parfumeuse et du musicien. Elle s'est attachée au gamin, à l'odeur forte des plats que confectionne Rose quand un voyageur lui rapporte d'Inde des sachets d'épices bizarres, aux sons épais qui filtrent sous la porte du studio quand Gilbert est en séance. Les Sigrist comprennent que ce licenciement forcé peut avoir des conséquences catastrophiques pour la jeune femme, et font jouer leurs relations pour lui trouver un nouveau job. Ce sera un mi-temps chez le disquaire du faubourg de France, où décidément se concentrent tous les commerces.

La boîte à chaussures contient une enveloppe où sont regroupés les bulletins de salaire de Nicole. Les premiers datent de « Chez Michel – Son – HiFi », 22 heures par semaine, heures supplémentaires le samedi. Ils sont sur le dessus d'une liasse que je n'aurais pas imaginée si fournie. Mine de rien elle aurait eu une bonne retraite...

Faut la voir maintenant, la minette dans sa minijupe, les cheveux coupés mini aussi, avec des pattes brunes qui longent l'angle de ses pommettes délicieuses, lisant aux heures creuses les *Salut les copains* qui traînent devant la caisse. Son petit corps zigzague entre les bacs, avec cette souplesse de biche qui laisse croire au chasseur que la proie est facile. Le salaire reste bas et les horaires sont contraignants, mais la fidélité des habitués, le rush hystérique des fans de Claude François quand paraît un nouveau 45-tours, la pâmoison des vieux mélomanes quand elle pose sur la platine un Brahms ou un Verdi..., tout ça fait d'elle une princesse en son royaume. On dirait que la baguette magique de Victor s'est matérialisée entre les mains de chaque Belfortain pour distribuer ses prodiges à toute heure et sans conditions. Elle est légère maintenant, presque heureuse, comme si la fumée des innombrables cigarettes qu'elle absorbe était de l'hélium, et la faisait planer toujours quelques centimètres au-dessus du sol.

Il s'agit d'orchestrer, maintenant, l'entrée en scène du Prince charmant, dont j'ai différé l'arrivée, comme Molière a dû jubiler de ne faire arriver son Tartuffe qu'au troisième acte.

Au rayon jazz, depuis quelques semaines déjà, s'attarde un beau gosse qui semble autant lorgner sur la vendeuse que sur les derniers titres de Ray Charles. Il calcule ses visites de façon à les rapprocher de plus en plus de l'heure de la fermeture, et Nicole évalue, le cœur battant, le moment où il osera lui adresser la parole. Au printemps, il se décide. Alors qu'elle lui emballe dans du papier kraft un 33-tours de Coltrane, il se lance : « Vous ne seriez pas une amie des Sigrist ? » Il est 18 h 55 ; elle doit fermer dans cinq minutes. La suspension interrogative dans la voix du jeune homme laisse entendre que cinq minutes ne suffiront pas pour répondre à la question. Dans ses yeux doivent passer des lueurs instables – encore la biche, aux abois cette fois –, et après un tourbillon de pensées comme seules le connaissent les femmes qui ne vont au lit qu'avec grandeur et appétit, elle répond : « Je dois fermer le magasin. Retrouvons-nous au Central dans dix minutes. » Il sort, elle coupe les platines, éteint les lumières, se regarde dans un petit miroir, baisse le rideau de fer, consulte le ciel de juin, y cherchant autant une approbation de sa mère que la météo des prochaines heures, puis marche vers son destin, quelques pas plus loin, à cette terrasse de la place Corbis.

T'es tout' nue sous ton pull
Y a la rue qu'est maboul'
Jolie môme
[...]
Tes p'tits seins sont du jour
À la coque à l'amour
Jolie môme
[...]
T'es qu'une chose de la vie
Qu'on arrose qu'on oublie
Jolie môme

T'es qu'un point sur les i
Du chagrin de la vie
Jolie môme

Le Central est un café qui aura un rôle... central dans les années qui vont suivre. C'est là que j'ai révisé mon bac en passant tout mon argent de poche dans la fente du juke-box, c'est là que Nicole a rencontré d'abord son mari, puis son meurtrier, c'est là qu'à mon dernier séjour – Camille était encore vivante –, mon verre de blanc m'a été apporté par un ancien camarade d'école primaire à la silhouette de Lancelot, un autre « petit fiancé », Bruno Malatesta, qui m'avait offert du muguet pendant ma coqueluche. Ça avait bien fait rigoler ma môme. Calvitie et embonpoint maintenant...

Mais, pour l'instant, Nicole traverse la rue en direction du café, incrédule encore de sa propre audace : c'est elle qui a donné rendez-vous. Excepté ceux qu'elle a déclinés bien souvent, c'est son tout premier. Elle porte un bustier sans manches avec col lavallière en popeline noire à pois blanc, une jupe droite, courte, blanche, et sans doute ses espadrilles de toile claire à talons compensés dans lesquelles j'adorais me tordre les chevilles, dans les années où rien n'est plus jubilatoire pour les petites filles et les petits garçons que d'enfiler les chaussures de maman pour s'y ridiculiser dans des démarches de crapaud ivre. Camille aussi riait comme une folle en se tordant les chevilles dans mes stilettos vernis rouges.

Elle le voit, le jeune homme, de loin déjà, attablé devant un Pepsi, tellement mince, paraissant plus petit assis que debout. Elle le rejoint, tire la chaise en face de lui pour s'y asseoir, étonnée, toujours, de l'assurance de ses gestes. Elle ne tremble même pas. Elle n'enlève pas les énormes lunettes de soleil qui lui dévorent les joues parce qu'elle est à contre-jour, et allume une cigarette.

Toutes les prochaines, ce sera le jeune homme qui les lui allumera, tendant les avant-bras vers la bouche de sa compagne, sa main en coupe-vent pour protéger la flamme, tous deux penchés au-dessus du briquet, avec, peut-être, à la troisième ou quatrième clope, un regard coulé par-dessus la monture des lunettes, où le soleil complice épinglera dans l'iris noisette de Nicole cette escarmouche d'or, cette flèche de Cupidon.

« Moi c'est Francis.

— Enchantée, moi c'est Nicole. »

Comment savoir si c'est au cours de cette première rencontre qu'ils se sont racontés ?

Ce qui est sûr, c'est qu'à partir de ce jour, Nicole aura un cavalier. Tous les endroits animés de la ville, dans lesquels elle n'osait entrer seule à cause de son syndrome de Cosette et des sermons de sa sœur, elle y dansera au bras de Francis. Francis aime le jazz, il joue un peu de piano, il fait le bœuf de temps en temps aux concerts de Gilbert ; un jour, même, le maître l'avait invité dans son studio de la rue Thiers pour lui faire écouter des disques et lui montrer quelques accords. « C'est là, il me semble, que je vous ai déjà vue, vous aviez apporté du café. »

Quelques mois plus tard, en octobre 1963, les fiches de paye de « Chez Michel, disquaire » s'arrêtent. Le bulletin de salaire suivant, dans l'enveloppe bleu délavé, date de novembre, et provient de « Chez Schwab – Nouveautés ». Elle est vendeuse, c'est un plein temps cette fois. L'assurance de meilleurs revenus. Le commerce est situé sans surprise faubourg de France, c'est le genre de magasin conçu sur le modèle des Galeries Lafayette, un Bonheur des dames de province, où les rejetons des notables de la ville s'essaient au vol à l'étalage. Les papiers ne disent pas à quel rayon elle travaillait, maroquinerie ou bricolage. Ma mère, dans sa vie, a vendu toutes sortes de trucs.

Chaque soir ou presque, après le travail, elle a rendez-vous avec Francis. Ils sortent en bande, c'est les sixties. Chaque fois qu'elle passe le pont pour rentrer rue Traversière, la nuit, Nicole jette à la Savoureuse un nouveau lambeau de son passé. Elle se dépouille. La rivière qui descend de la montagne, où aujourd'hui s'agrègent à l'humus d'un bosquet ses cendres dispersées, reçoit les litres de piquette du Montana, la frangipane des pithiviers du Blanc, les mimosas de Charlotte, les kilos de merde de ses neveux. Débarrassés de tous les sinistres oripeaux de l'ancienne infortune, ses membres se gainent, sa silhouette se redresse, franche, bien profilée.

Elle en sait un peu plus long maintenant sur ce garçon si jeune, 19 ans à peine, encore lycéen l'année précédente, dernier-né d'une grande famille bourgeoise de la région, avec laquelle il semble entretenir des rapports compliqués, puisque dans cette lignée de toubibs et de dentistes, il sera la brebis galeuse, un sportif, un guignol qui saute à la perche, qui a choisi de fréquenter les stades plutôt que la fac de médecine à Strasbourg. Du fil décousu des conversations, elle déduit la composition de la famille. Elle s'emmêle un peu les pinceaux – c'est une vraie smala, il y a des frères et des sœurs, des neveux déjà. Quand Francis parle de ses aînés, il dit « mon grand con de frangin », ou bien « l'aut' larve qui me sert de frère ». Elle comprend qu'elle et lui ont en partage le pourrissement de la racine, la canine mauvaise plantée dans la chair généalogique, l'émail carié entre eux et l'esprit de famille. D'ailleurs, le dimanche elle ne va plus que très rarement à la Pépi, uniquement pour les anniversaires des gosses ou pour taper du fric. Elle préfère accompagner son athlète aux meetings, elle lui donne des ailes, elle le voit bien ; la semaine dernière il a franchi les quatre mètres, un exploit.

Je revois soudain mon père devant la télé, le 21 juin 2009, six mois avant sa mort, hurler de joie quand Renaud Lavillenie franchit les six mètres au

Portugal. Il avait fait tournoyer Camille dans ses bras, qui l'appelait Papoune...

Mais à l'époque qui nous concerne, il venait juste d'exiger de ses potes d'enlever le *Jean* avant le *Francis.* Déjà que les siens l'appelaient *le Boy,* parce qu'il était le petit dernier ! Cette famille a toujours été très douée pour les surnoms : le Putz, Minette, le Pope, Pépette, Duduche, Pépère... Avant la chute des dents de lait, nous étions tous affublés d'un sobriquet débile, dont la propagation dans les sphères exogènes était une humiliation.

Il raconte, Francis, volubile, intarissable. Il raconte la dernière infidélité de son père, qui a encore foutu enceinte une infirmière de la clinique. Il raconte le retour d'Algérie de son grand frère, mobilisé en tant que jeune médecin pendant les Événements. Il parle de Martine, sa sœur, une malade mentale qui a fait un bébé raté. Il y a aussi le chien et le frère du milieu, Patrice, qui échappe aux sarcasmes parce qu'il est fiancé à une prof de sport. Nicole comprend qu'il y a des domestiques, une cuisinière, que tous les enfants de la famille ont été éduqués par une vieille gouvernante luxembourgeoise, une Joséphine rentrée au pays, et qui leur manque, on dirait. « Et ta mère ? » Nicole remarque le voile dans la voix. « Oh, ma mère... C'est juste une femme malheureuse. » Il ajoute : « De toute façon tu verras quand tu viendras chez moi, c'est tous des tarés ! Sauf peut-être Fifi le chien ! » Dans la R8 au retour des compétitions, à Barle-Duc ou à Lons-le-Saunier, Nicole écoute ce gosse exalté, gonflé à bloc par un nouveau record régional, vitupérant contre les siens, risquant une main sur le genou de sa girlfriend... et je ne sais pas s'ils ont déjà fait l'amour ou pas.

Ma mère a toujours dit que mon père avait été son premier homme. C'est tout à fait possible. Et seuls les pigeons sur le rebord de la fenêtre de la rue Traversière pourraient établir avec précision les circonstances du dépucelage. M'est avis qu'ils en roucoulent encore.

3

Cette route pour Belfort, j'ai fini par la prendre. Mais je me suis arrêtée avant la ville.

On peut, à la sortie de Ronchamp sur la N19, la fameuse Paris-Bâle, quitter la route de Belfort, qui n'est plus qu'à 15 kilomètres, et prendre à gauche en direction du pays sous-vosgien. On aura auparavant laissé passer la petite route qui monte à la chapelle de Le Corbusier, ainsi que le musée de la Mine, deux visites obligatoires pour tous les écoliers du Territoire. La description des dommages qu'occasionne un coup de grisou dans les galeries d'extraction de la houille m'avait traumatisée ; en revanche, je me souviens d'avoir dormi pendant la conférence sur les audaces avant-gardistes du grand Tarchitecte. Le long des kilomètres qui précèdent, on aura repéré quelques clochers typiques de la Haute-Saône, dont Nicole disait qu'ils ressemblaient à des pots de chambre renversés, en quoi elle n'avait pas tort ; ainsi que le marronnier sous lequel Camille avait dégueulé au retour d'un Noël. On passe ensuite par les lacs du bassin de Champagney, et on monte vers le premier des ballons des Vosges, quand on les gagne par le sud : le Ballon d'Alsace. C'est là que sera mon gîte, dans la ferme-auberge dont ma sœur a récemment repris l'activité avec son compagnon. J'aurai une chambre grande comme une suite, avec salle de bains privée. C'est juste avant le sommet, à six jets de pierre du fourré où nous avons répandu les cendres de notre mère d'abord, de notre père ensuite. Francis et Nicole réunis sous radicelles, l'hiver chaque fois, chaque fois sur le blanc de la neige. Une langue noire sur la glace. Très bel effet esthétique.

Cette fois j'arrive sous canicule. Dans l'autoradio, toutes les chaînes diffusent des bulletins sanitaires et suivent, heure par heure, avec l'inquiétude à laquelle nous ont accoutumés les caprices de la planète déréglée, l'ouverture du premier grand festival de rock de la saison : les Eurockéennes de Belfort. On parle de fournaise et les organisateurs ont installé un brumisateur géant. C'est drôle de rouler vers le cœur du volcan.

Je m'installe dans mon nouvel atelier, l'ordinateur en machine à coudre, mes carnets en fiches de mensurations, la boîte à chaussures en boîte à couture. Les documents retrouvés pour la période mai-juin 1964 font écho à des tremblements biographiques qui mettent à rude épreuve l'assemblage du patron.

On trouve une lettre de Fernand adressée à ma mère et signée « ton Papa », une lettre de Paulette adressée à Fernand, une enveloppe des laboratoires Gay contenant des résultats d'analyse du sang de ma mère, et l'arrêt brutal des fiches de paye de Chez Schwab – Nouveautés.

Les deux lettres – papier bouloché, encre passée – sont les seules que je possède de la main des protagonistes. Elles ne sont pas datées, mais semblent correspondre à cette époque. Fernand s'adresse à sa fille : « Je ne veux pas savoir ce qui s'est passé avec ton patron, mais si ta marâtre de sœur, qui devient de plus en plus hargneuse en vieillissant, s'en sert pour remettre la main sur toi, qu'elle sache bien que je suis encore là. » Il dit deux fois « Je suis encore là. »

Celle de Paulette à Fernand est encore plus obscure. Elle parle d'*orgies,* de *dévergondage,* de *pantalons moulants et de talons de 8 à 10 cm,* ainsi que du *divorce de la patronne de Nicole.* Elle conclut : « Vous n'auriez pas dû changer votre programme pour elle, vous voyez le résultat. »

Que s'est-il passé ? Les mots, le ton, l'urgence de la graphie me font délirer vers l'hypothèse d'une affaire sordide à la DSK... Par exemple : le patron de Chez Schwab, un individu infect, obèse et couperosé, entraîne ses jeunes employées dans un réseau de prostitution à usage des capitaines d'industrie qui, des deux côtés du Rhin si proche, célèbrent à leur manière la toute nouvelle réconciliation franco-allemande, en labourant des filles comme ils labourent la campagne pour y planter leurs usines, sachant que ces pauvresses blanchiront elles-mêmes l'argent de leur chute, en vendant Chez Schwab – Nouveautés des soutiens-gorge et des rasoirs mécaniques. Je peux imaginer Nicole, menacée comme les autres d'être licenciée si elle refusait, se rebiffer toutes griffes dehors, prête à lacérer la joue graisseuse de ce sale type dont les petits yeux de cochon lui rappellent Émile quand il lorgnait la laitière et, elle s'en rend compte maintenant, sa sœur aussi. Est-elle passée à la casserole ? A-t-elle révélé le scandale à l'épouse, la très respectable Madame Schwab, qui aura demandé le divorce ? Ces examens de sang qui glacent le mien, le même, ont-ils été prescrits pour débusquer l'équivalent d'un sida ? Une maladie sale ? Vénérienne ? Une grossesse ? Je ne sais pas déchiffrer des analyses biologiques, et peut-être après tout ne s'agit-il que d'une banale anémie ou d'une chute de calcium. Mais je ne comprends rien à ces documents. Mystère et boule de gomme. Le printemps 1964 est une zone de turbulences qui résiste à ma broderie ; d'autant plus je vois la bobine de fil noir, celle qui sert à faire les ourlets des crêpes de deuil, commencer à me faire des œillades du fond de sa boîte à suture.

Je suis bien dans la montagne ; ici seuls les torrents brumisent, et j'attends à la fraîche la fin des Eurockéennes et la baisse du thermomètre pour descendre en ville rendre visite à Micheline.

Micheline est une vieille dame de 82 ans, qui fut une ancienne collègue d'un des multiples jobs que ma mère a exercés. Après la ténébreuse affaire de Chez Schwab – Nouveautés qui lui a coûté sa place, Nicole a retrouvé un emploi à la Cordonnerie parisienne, un magasin de chaussures, dont on devinera sans surprise que l'enseigne s'affiche sur le faubourg de France.

Ma mère, agenouillée huit heures par jour devant les pieds douteux des clients – ongles incarnés, oignons, cors, corne, orteils intranquilles des gamins dans les sandales. Ma mère, chausse-pied tendu et narines bouchées, calant sous son menton les piles de boîtes à chaussures qu'elle porte à bout de bras – l'hiver, les bottes pèsent comme des briques de glace.

Nicole et Micheline sont devenues une inséparable paire de copines. Je me souviens un peu d'elle, une femme plantureuse, blonde avec des os carrés.

Plus tard, elle s'est mise à son compte pour ouvrir un magasin de chaussures pour enfants, Les Galopins, où petite j'étais fascinée par l'étrange instrument qui sert à mesurer la pointure des petits, une sorte de minitoise horizontale, avec laquelle elle me laissait jouer quand les deux amies discutaient, après l'achat des mocassins de la rentrée.

C'est ma sœur qui s'est judicieusement rappelé l'existence de ce témoin capital. L'annuaire a fait le reste. J'ai rendez-vous depuis quinze jours, mais elle diffère sans cesse parce que la canicule lui provoque une allergie qui lui donne des boutons, plisse sa peau de rougeurs urticantes, lui bouffit les yeux – qui la met de mauvaise humeur. Alors j'attends son feu vert en écoutant les infrabasses des concerts monter à travers les futaies comme des vipères se coulent sous les pierres chaudes. Je ne sais pas vraiment ce que j'espère d'elle. Au téléphone elle m'appelle ma cocotte, et même si elle se souvient bien de ma mère, son discours au bout du fil reste bloqué sur le fait divers qui lui a ôté la vie, il y a trente ans. Je lui montrerai cette photo de la boîte à chaussures où Nicole marche, radieuse-épanouie, sur le pont de la Savoureuse, et où elle semble si jeune qu'il est certain que la photo est antérieure à ma naissance.

Qui a pris la photo ? Où sont les hommes ?

C'est pour ça que je veux la voir.

Plus j'avance dans la recomposition de son existence, plus je me figure ma mère comme la Petite Sirène, qui a troqué sa voix contre des jambes. Ma mère a troqué sa voix, langue au chat, contre des ailes. Quel en fut le salaire ? Quel est le prix du reniement ? Passer sous silence toute une enfance, toute une jeunesse, c'est s'acheter des habits neufs, les voler peut-être, et s'en vêtir comme d'un déguisement. Je crois que mon père a rencontré une femme déguisée. C'est peut-être pour ça qu'elle accordait tant de soins à sa garde-robe. Chaque robe comme une plume pour ses ailes, chaque plume un secret.

Elle s'est pourtant fait plumer. Mise à vif, écorchée et nue. À quelqu'un, elle a donné ses secrets, jusqu'à en mourir.

Mais reprenons.

En attendant le rendez-vous avec Micheline, je peux continuer à inventer.

Il y a trois scènes que j'ai envie de scénariser : a) l'annonce de la mort de Fernand, b) la demande en mariage de Francis, et c) la première visite de ma mère chez ses futurs beaux-parents.

Parfois dans ces moments où, devant l'ordinateur qui est passé en mode veille, je rallume une cigarette en cherchant du côté du plafond la suite de ma fable familiale, j'entends une petite voix qui vient de par-dessus mon épaule gauche : « Qu'est-ce que t'écris, môman ? » Et je réponds à Camille : « De la graine de curieux », comme ça, sans réfléchir, par pur réflexe parce que c'est ce qu'on me répondait à la maison quand j'étais enfant. Ni elle ni moi ne comprenons cette curieuse formule, et dans le blanc interloqué qui suit, les anges, avec ou sans ailes, retournent jouer dans leur chambre...

a.

Quand j'ai trouvé, au Blanc, il y a quelques mois, l'acte de décès de Fernand, la date indiquait septembre 1964.

Cela veut donc dire que Nicole a perdu ses « deux pères » à moins d'un an d'intervalle. Le récit que j'ai imaginé pour l'annonce de la mort d'Émile, chez Paulette et Victor, il tient debout, il est vraisemblable. Mais où et comment ma mère a-t-elle appris la mort de son véritable géniteur ? On peut imaginer une scène parfaitement symétrique : convocation un dimanche à la Pépi, mise en place solennelle des conditions propres à la révélation d'une information d'importance, visages contrits – les enfants priés d'aller jouer ailleurs, le coucou très digne.

« Ma p'tite fille, j'ai reçu hier une lettre qui va te causer un grand chagrin. »

Paulette attaque le préambule. Et raconte : la crise cardiaque sur le chemin des Bazinelles, la découverte du corps par une voisine, l'inhumation au cimetière de la Ville Haute. « Il est mort tout seul, tu sais, il paraît qu'il n'y avait personne à son enterrement, pas même un de ces vieux poivrots qu'il avait pour copains. Et puis, ça va pas te faire plaisir à entendre, mais il ne t'a rien laissé.» À ces derniers mots Nicole croit remarquer dans l'œil vert de sa sœur une étincelle qui pourrait s'apparenter au sourire de l'aspic. Sans un mot, sans même rallumer une Gitane, Nicole se lève avant les larmes et quitte le trois-pièces-cuisine, où Paulette ne cesse d'aligner sur ses étagères des poupées folkloriques, rapportées de vacances en Auvergne ou en Aveyron.

«Cou-cou», fait le coucou.

C'est une hypothèse plausible. On peut aussi imaginer que Paulette a bien reçu une lettre annonçant la mort de Fernand, mais qu'elle l'a gardée pour elle, peut-être pendant des mois, des années. Non pas pour protéger Nicole du chagrin, mais plutôt pour la soustraire à la douceur de pleurer son père, comme la punissant une nouvelle fois de la *faute* de sa naissance, en désavouant la mort de Fernand, comme elle a toujours désavoué son existence. Pour elle cet homme n'a jamais existé. Il a déchiré ses parents, ruiné Le Montana, répandu sa semence dans le ventre de sa mère et anéanti la paisible existence de fille unique qu'elle a menée pendant quinze ans à Montanglaust, entre les clapiers, les genoux des habitués, et les taloches de papa chéri.

Fernand a crevé, c'est très bien comme ça. Sa bâtarde n'a même pas besoin de le savoir. Elle l'apprendra bien assez tôt.

Je peux supposer que Paulette a eu cette cruauté. Dans mes souvenirs, elle avait un air fourbe jusque dans sa manière d'astiquer ses cuivres ou de présenter un ragoût. L'envie et la frustration la faisaient pleurnicher tout le temps, se plaindre de tout. C'était sa stratégie pour clouer les gens au sol, leur couper les ailes. Même les petits galons sur les épaules de Victor n'ont jamais grandi.

J'ai pourtant le papier sous les yeux, sa froide exactitude : Fernand est bien mort en septembre 1964. Mais où et quand Nicole l'a-t-elle appris ? Quelle solitude la jeune femme a-t-elle dû trouver pour libérer ce mot, *papa,* qui s'étranglait en sanglot dans sa gorge ? Quelle clairière ou quel champ de betteraves ? Comme quand j'ai hurlé pour la mort de Camille. Combien de fois a-t-elle été obligée de se mordre l'intérieur des joues pour dissimuler son chagrin et le noyer dans le goût du sang ?

On ne peut pas dire deux fois « mon père est mort »...

Même à son jeune courtisan, mon futur père, elle a caché et la vie, et la mort du sien. Francis ne savait rien. Ça, je le sais.

b.

Cependant ledit jeune courtisan, le flirt, le boyfriend, s'achemine doucement vers le statut de fiancé.

Je me demande encore ce qui a traversé l'esprit de mon père, à 19 ans et demi, pour demander ma mère en mariage, et imposer à sa famille cette fille sortie d'on ne sait où, dont il ne connaît rien sinon la douceur du ventre et la finesse des poignets, et peut-être aussi quelques algues sales accrochées aux chevilles, souvenir du caniveau.

Coup de tête, coup de folie, doigt d'honneur ?

Un soir de juin, ils se retrouvent à la terrasse du Central. Comme souvent, ma mère regarde ailleurs pendant qu'il la regarde. Elle aime qu'il la contemple. Elle s'efforce de reproduire le profil magnifique qu'il a saisi d'elle en photo. Il y a un nombre incalculable de photos de ma mère prises par mon père, qui fut un temps un assez bon photographe amateur. Mais ces photos ne sont pas dans la boîte à chaussures. Elles ne comptent pas. Elles datent *d'après*.

Nicole envoie de biais la fumée de sa Gitane, travaille son air rêveur, brumeux. Depuis quelques mois, le regard de Francis la tient, la capture, corsète ses divagations, discipline son instabilité, comme si chacun des cils de son soupirant se prolongeait pour former les fils de soie d'une fine cage, où elle se sent à l'abri.

Soudain Francis lâche : «J'ai un problème, ma chérie, tu m'as dit que tes deux parents sont morts, alors je ne sais pas à qui faire ma demande...»

J'écris cette scène et j'ai l'impression d'endormir Camille quand je lui inventais un conte de chevet pour la guider vers le sommeil, style *La Mendiante et le Prince,* ou *L'Orpheline aux améthystes...* Des histoires à dormir debout.

C'est vrai, à qui faire la demande? Charlotte et Émile ne sont plus de ce monde; Fernand, mort ou vivant, n'a aucune représentation légale; reste Paulette... Reste personne donc.

«Ben, à moi!» répond Nicole, remettant son visage dans l'axe, en face de celui dont elle ne sait rien, sinon qu'il est le fils d'un médecin réputé, qu'il a gagné le meeting de Port-sur-Saône dimanche dernier, et qu'il n'a pas besoin de perche pour l'envoyer au ciel.

«Bien. Alors, Nicole, veux-tu devenir ma femme?»

Ma mère a dû avoir cette façon de lever le menton vers le ciel, écarquillant les yeux, ouvrant grand la bouche, renversant la nuque sur le dossier de sa chaise, qui a dû troubler mon père jusqu'à lui donner envie de faire des enfants. Je pense même qu'il a dû entendre, malgré le vacarme de la place, l'armure de la jeune femme craqueler, se fissurer. Il a vu dans ce corps, dont le devenir s'architecturait sous ses yeux, un oui absolu.

« Ben, c'est oui ou c'est non ? » Le visage de Nicole continuait à rosir, tapissé d'incrédulité, un sourire inédit fleurissant doucement sur ses lèvres.

Elle a tourné les yeux vers la Savoureuse, vers la rue Traversière. Le patronyme honni, qui n'était même pas le nom du père, allait lui aussi passer à la baille, aux oubliettes. De joyeux militaires circulaient en bande sur le pont, cliché de la ville de garnison. Elle a peut-être pensé à Victor, son beauf de la caserne, sa marraine de conte de fées, et puis, de nouveau, elle a ramené son regard dans le regard de celui qui attend la réponse.

« C'est oui, souffle-t-elle. Apprends-moi à être Madame D. ».

Micheline m'a enfin rappelée. Ses boutons, boursouflures et autres réactions allergiques se sont dissipés avec la fin de l'épisode caniculaire, mais dans sa tête le chaudron des souvenirs est toujours bouillonnant. Nous avons conversé plus d'une heure, sous le regard d'une dizaine de peluches artistiquement disposées dans un grand fauteuil Voltaire. Elles semblaient parfois chuchoter entre elles, laissant fuiter quelques révélations à l'attention des innombrables bibelots dépoussiérés du jour : napperons de dentelle sur la télé, bouquets séchés sur les étagères, portraits des petits-enfants sur les murs.

Je fais partie de ces gens pour qui la « visite à la vieille dame » n'a pas de réalité concrète – si ce n'est vaguement le titre d'une pièce de théâtre. Je n'ai pas vraiment l'occasion d'en fréquenter, ni dans leur salon ni dans le réfectoire de leur maison de retraite. C'est une situation que beaucoup de gens doivent m'envier : je n'ai pas de vieux parents malades ou dépressifs. Je n'appartiens pas à la catégorie de ces fils et filles condamnés à des déjeuners pesants devant le journal de France 3, ou bien à des expéditions mensuelles à l'autre bout du pays, où, après quelques années d'une retraite majoritairement consacrée au jardinage, leurs vieux géniteurs, tellement veufs, se laissent mourir dans un établissement hors de prix qui prospère, et prospérera longtemps, sur l'allongement de la durée de la vie.

Cependant Micheline sait encore confectionner de délicieuses tartes aux abricots et, malgré une existence que les coups durs ont rythmée à intervalles réguliers, elle fait preuve de ce mental d'acier que possèdent les athlètes de la vie, sport de haut niveau.

L'entretien débute par une longue étreinte un peu poisseuse, où je sens battre son cœur à travers son volumineux soutien-gorge. *Ma cocotte,* murmuré dans mes cheveux sur tous les tons. Cela fait, quelques généralités prennent le relais ; la vie économique de la ville depuis le rachat d'Alstom par General Electrics, la rénovation du centre historique, l'aménagement des berges de la Savoureuse. « Au fait, Micheline, tu sais pourquoi elle s'appelle comme ça, cette rivière ? » Toute fière de son savoir contre mon ignorance, elle m'apprend enfin la vérité sur ce que, petite, j'imaginais comme étant un flot continu de savoureux sirop de myrtille sinuant entre les rochers de grès rose. « Ça vient des bûcherons, de leur patois : *savour,* à cause du bruit que faisait l'immense scie qui était tirée, puis poussée à tour de rôle par deux ouvriers : *sa* à l'aller, *vour* au retour. *Sa-vour, sa-vour.* » Elle mime l'action, avec le son, et des gouttelettes de sueur apparaissent aussitôt sur son front.

Elle me donne aussi quelques nouvelles des figures belfortaines dont je suis censée me souvenir. Des morts, des vivants. « Tu sais que le Bruno Malatesta, il travaille au Central ? Tu sais que ta vieille prof de grec, elle est présidente du club de randonnée ? » Oui, Micheline, je sais...

Finalement je ne lui ai pas montré la photo du pont de la Savoureuse. À la place je lui ai montré une photo de ma fille. Celle de sa toute dernière rentrée des classes, en première. Elle a cherché dans les traits de Camille ce qui pourrait lui rappeler Nicole. Camille était le portrait craché de son père comme je suis celui de feu le mien. Les femmes chez nous ressemblent à leur papa. Le minois de Nicole s'est passablement dilué dans celui de ses descendantes, sauf chez ma sœur, sa bouche peut-être, en cherchant bien.

Comme je le pressentais, Micheline, en un sens, ne m'a été d'aucune utilité. À elle non plus, il semble que Nicole n'ait jamais raconté Coulommiers, Le Montana, les années avec sa sœur, tout ça. Nicole avait manifestement déjà endossé son costume.

« Oh ! toutes ces robes qu'elle avait, ta mère ! On avait trouvé une petite couturière rue Scheurer-Kestner qui nous faisait des merveilles quand on lui apportait un coupon acheté trois francs, six sous. Elle a bien dû y passer toutes ses premières payes ! » Le chapitre coquetterie ouvert, je tire le fil ; je sais déjà que c'est celui de la bobine de fil noir, mais tant pis, il est passé dans le chas. Micheline insiste sur la pauvreté de Nicole, ses moyens équivalents à zéro, le calcul sou par sou, la maigreur prévisible : « Elle ne mangeait rien, tout passait dans les fringues et les Gitanes. » Et puis, après m'avoir refait un café et digressé sur la fugue de la chatte des voisins, après quelques anges passés dont j'ai reconnu la plupart, après la production de l'article jauni paru dans *L'Est républicain* le lendemain de la mort de ma mère – Mystérieux meurtre à Belfort –, Micheline laisse monter à ses lèvres un sourire très doux. « Tu sais, c'était une sacrée pépette, ta mère. Elle arrivait quelque part, et un essaim de messieurs convergeait vers elle. C'est comme si sa présence modifiait la disposition des choses et des gens. Pourtant, ça ne nous a jamais porté ombrage, au contraire. On papillonnait, c'était dans l'air du temps... Mais on n'a pas compris qu'en fait c'était elle la phalène, que c'est elle qui cramerait. » Micheline ne dit pas tout, mais quand je fais part de mon interprétation scabreuse concernant son licenciement de Chez Schwab, cette sorte de sordide *Carlton* belfortain, elle ne contredit pas mes suppositions, se contentant d'un évasif : « On n'a jamais trop su ce qui s'était passé... C'était un joli brin de femme, ta mère, ma cocotte. »

Micheline a de nouveau les yeux qui collent, mais cette fois-ci c'est à cause des larmes qui font glu. Son regard se délave ; la bouchée de tarte à l'abricot qu'elle porte à sa bouche pour se donner une contenance retourne finalement dans l'assiette à dessert. Je sens que le grand convoi des morts avance vers elle en procession, souples, dansants, vautours. Peut-être aussi commence-t-elle à fatiguer. C'est une vieille dame. Il faut savoir écourter les visites à la vieille dame. Les bibelots s'endorment, les ours en peluche se lassent du spectacle, l'antique cendrier qu'elle est allée chercher pour moi au fond du placard menace de déborder. Il faut partir. Étreinte de nouveau, promesses, et puis sa main qui s'agite au balcon jusqu'à ma disparition au coin de la rue, métronomiquement... *Sa-vour...*

À chaque minute, les arrière-petits-enfants dans leur cadre, entre CM2 et collège, m'ont rappelé que je ne serai jamais grand-mère.

Je retourne dans la montagne, dans la chaumière de ma sœur. Mégane frime dans les lacets, double débrayage et trajectoires impeccables, dépassant insolemment les cyclistes, leurs muscles luisants et masochistes, je grimpe loin de la ville, vers la fraîcheur des sommets.

Après la demande en mariage, le début d'été souffle sur les amoureux son gaz euphorisant.

Le samedi soir au fond du Central, jusque tard dans la nuit, on commande un dernier verre pour le boire avec les musiciens, qui parfois racontent les nuits dans les caves de Saint-Germain-des-Prés dont ils reviennent couverts de gloire. Ou alors Francis improvise une fondue en plein juillet dans les huit mètres carrés de la rue Traversière, où s'entasse une poignée de copains sous mansarde. Nicole découvre le comté, qu'elle mange avec la croûte ; les saucisses fumées – morteau, montbéliard –, qu'elle mange avec la peau ; les verres de vin d'Alsace, qu'elle renverse une fois sur deux, à cause de leurs longues et fines jambes vertes qui en compliquent le maniement.

La jeunesse l'enivre, elle, une femme déjà, une vieille de 25 ans parmi cette cour d'ados dont la maturité est loin d'être la principale caractéristique. Elle a encore de ces regards d'une infinie tristesse, qui fuitent dans le vide, en pleine solitude. On voit bien dans ce fameux profil, à la naissance d'une patte d'oie ou à un certain angle de menton, que la différence d'âge est patente. Ça ne crève pas les yeux, mais il y a chez cette femme un vécu qui impressionne, qui force le respect. On se demande où Francis a bien pu dégotter une gonzesse pareille.

Les nuits sont courtes, qu'embaument la glycine et le lilas, si tardifs dans la région. Nicole embauche à 9 heures à la Cordonnerie parisienne, et Francis est à Dôle quatre jours par semaine, où il suit l'équivalent d'un sport-études tout en se rapprochant des nuages week-end après week-end, en pulvérisant ses records à chaque compétition. Souvent, le soir, il préfère ne pas dormir à l'internat et rejoindre sa fiancée en parcourant dans la R8 les cent cinquante kilomètres à tombeau ouvert, le cœur bondissant autant que la voiture sur les cahots de la route. Il repart à l'aube, gorgé d'amour et de fatigue. Sans doute a-t-il beaucoup parlé, allongé sur le dos, dans la confidence d'après l'amour, qui fait sortir les mots de la bouche aussi facilement que la fumée de la Gitane ; elle l'écoutant, caressant son torse imberbe, souriant dans le reflet bleuté du bec de gaz, qui procure un effet pleine lune très réussi. Il ne lui pose pas de questions, il en a déjà perdu l'habitude. Ce mystère lui convient.

Un jour sur le petit lit, ils sont assis tous les deux, peut-être nus, peut-être drapés dans la même couverture qu'ils ont jetée sur leurs épaules soudées, ils regardent ensemble une photo.

« Puisque tu vas entrer dans ma famille, je vais t'en présenter les membres plus en détail. »

La photo a été prise au dernier Noël, 1963. C'est une photo que je connais aussi, la date est au dos. Du côté de mon père on savait classer, trier, organiser. Pas comme dans la boîte à chaussures.

Le moment est parfait pour brosser une galerie de portraits dans la plus pure tradition. Ces hommes et ces femmes ont été mes oncles, mes tantes, mes grands-parents. Ils sont tous morts depuis longtemps, mais leurs visages me sont encore familiers. Quand je me regarde dans un miroir, le bagage génétique tient non seulement dans mes valises sous les yeux, mais aussi dans les constellations de grains de beauté sur ma peau, dans la touche de jaune pisseux au fond de mes yeux, dans mes pieds bleus, et dans ma bouche où toujours manque une dent...

Le groupe est rassemblé dans la salle à manger, devant le piano à queue sur lequel est perché un petit sapin décoré. Plus tard, quand naîtront en cascade les petits-enfants, l'arbre de Noël sera géant, installé dans le grand salon, et l'étoile à son sommet touchera le plafond.

Nous sommes au premier étage d'une grosse demeure cossue qui en comprend deux.

Tout le rez-de-chaussée est occupé par la clinique ORL du patriarche. Un secrétariat, une salle d'attente, un cabinet d'auscultation, une salle d'opération, un petit vestiaire pour les infirmières, et une grande salle de huit lits pour les patients. Tout ce territoire était défendu comme le cabinet secret de Barbe-Bleue, ce qui n'a jamais empêché les gosses de la famille de s'y rendre en cachette, avec ou sans le concours clandestin des belles infirmières, pour y tripoter les stéthoscopes et y jouer du bistouri. Pour ma part, mon plus grand plaisir était de taper à la machine à écrire. Bien souvent mes doigts maculés d'encre me trahissaient, parce que j'avais coincé une touche et tout détraqué en essayant de débloquer le ruban...

Il y avait un autre endroit qui était sous le coup d'une impitoyable interdiction ; mais là aucun d'entre nous ne s'aventurait ; les enfants ont l'instinct sûr.

L'arrière de la grande maison donnait sur un jardin que je trouvais beau, sans doute parce qu'il était si mal entretenu que le fouillis des plantes, des herbes et des fleurs offrait un terrain de jeu qu'on ne redoutait pas d'abîmer ; contrairement à tous les objets – meubles, vaisselle, bibelots, lampes, livres, vases –, dont la grande maison était encombrée et dont on nous rabâchait la valeur en nous tirant les oreilles, au sens propre, si on avait eu la malencontreuse idée ne serait-ce que d'en toucher un. Côté jardin la maison avait deux portes : une qui donnait directement sur un petit vestibule qui évitait de passer par la clinique pour gagner les étages, et une autre dont on disait que c'était l'entrée des caves et des remises. Nous ne devions jamais, nous les enfants, sous aucun prétexte, promis juré sur la tête de la Sainte Vierge, chercher à savoir ce qu'il y avait derrière. Mais quand elle s'entrouvrait, nous cessions instantanément nos jeux pour braquer notre regard, retenant notre souffle, sur une silhouette à peine humaine, une créature noire, pliée sur une canne qui la rapprochait inexorablement du sol, une sorte d'insecte géant, sec, repoussant, coiffé en toutes saisons d'un bonnet de laine grise d'où s'échappaient quelques filaments de paille crayeuse. Jamais aucun son ne sortait de sa bouche, et les rares fois où ses yeux croisaient les nôtres, un froid glacial s'emparait de nos jeunes vertèbres, tant la pupille était délavée, d'un bleu opalescent, liquide, chimique, presque blanc. Nous eûmes de longues discussions entre cousins pour décider si notre grand-père hébergeait secrètement un spectre, un extraterrestre, un épouvantail animé par les soins d'un magicien ou le diable en personne. S'il arrivait que le bon docteur ouvrît la porte interdite, pour se rendre dans les entrailles mystérieuses de la maison, un flot de vociférations jaillissait du soupirail, dans une langue inconnue de nous, incitant les plus courageux de notre petit groupe à envisager de courir délivrer Bonpapa des griffes du diable. Entreprise qui restait à l'état de vœu pieux, bien entendu. Ce vieillard effrayant avait un nom : on l'appelait le Sousatz. Je n'ai jamais réussi à savoir qui il était. Même mon père et ses frères et sœurs l'ignoraient : même ma grand-mère, qui pourtant cédait à tous mes caprices dès la première câlinerie, refusa toujours de vendre la mèche. Aujourd'hui je me dis que ce type avait sur les épaules un secret plus lourd encore que celui de Nicole. Était-il un Juif que la famille aurait caché à la cave pendant la guerre ? C'est peu probable, la clinique, comme Le Montana, étaient saturés de preuves, mal dissimulées, de leur attachement au Maréchal. Était-il un soldat allemand déserteur, recueilli et planqué à cause de la vieille admiration que certains Alsaciens conservaient à la grandeur prussienne ? Je penche plutôt pour un ancien domestique, ignorant et sans famille, qu'on aura remisé à la cave quand il n'a plus été bon à rien, jetant à sa carcasse décharnée les restes du dimanche, et lui confiant encore quelques tâches qui justifient qu'on ne l'envoie pas à l'asile, ou au mouroir, ou à la rue.

Sans surprise, le Sousatz ne figure pas sur la photo de Noël 1963.

Mais revenons dans la mansarde où Nicole, serrée contre son amant, suit des yeux avec respect l'index qui désigne sur le cliché ses futurs beaux-frères, belles-sœurs, beaux-parents. Elle mémorise, enregistre, se projette, ne pose pas de questions. Parfois les amoureux s'embrassent, ou bien elle serre doucement la cuisse du narrateur pour l'encourager à poursuivre.

La convention de la pose photographique a crispé cette brochette de visages dans une expression lisse, de circonstance. *Un-deux-trois... cheese!* Le petit oiseau est sorti.

À l'extrême gauche du cadre, c'est mon grand-père, l'oto-rhino-laryngologiste, *le Pope.* C'est un homme que je n'ai jamais aimé. Je me suis toujours demandé si c'est à cause d'une surcharge de travail ou d'un désintérêt notoire qu'il n'eut jamais, avec aucun de ses petits-enfants, ce qu'on peut appeler une conversation. Il faut dire que, de notre côté, nous nous tenions le plus possible éloignés de ses parages, d'abord parce qu'il gueulait tout le temps, et ensuite parce qu'il était tellement laid, la face grêlée de verrues, surtout sur les paupières, qu'il plissait dix fois par seconde. Ses dents étaient jaune foncé à cause du mégot de cigare qu'il mâchonnait toute la journée, et souvent, sous la blouse blanche, un tricot flasque laissait voir des taches douteuses, qui auraient répugné tous les patients s'ils les avaient vues. On se demande ce qui chez lui séduisait les infirmières : son corps avait cet aspect qu'on dit « en tonneau », petit, jambes courtes, hanches larges, pas de cou, pas de chevilles. Il était affreusement lent dans tous ses gestes et ne prenait pas la peine d'articuler quand il parlait. Je conserve néanmoins un souvenir agréable, propre, le pauvre homme, à le réhabiliter.

Les dimanches, ou bien les longues fins d'après-midi d'été, allant jardiner, *le Pope* décidait de nous embarquer dans la 4L pour que nous l'aidions à désherber ou à récolter, dans le lopin de maraîchage ouvrier qu'il avait obtenu grâce à je ne sais quelle magouille. Alors c'était la métamorphose. Lui, le grand bourgeois, retournait la terre à pleines mains, se salissant plus que nécessaire, écossant pour nous des petits pois crus qu'il nous fourrait dans la bouche – *vous sentez comme ils sont sucrés ?* –, allant cueillir trois dahlias pour Nicole qu'il lui tendait avec une moue débonnaire, presque paternelle.

J'ai toujours pensé que, si Camille volait sur les marchés des petits pois et des haricots pour les manger crus en semant les cosses entre les allées, c'est à cause de ça, de trois générations de femmes qui ont adoré le bruit que leurs dents faisaient en éclatant la gousse.

Souvent, le docteur tyrannique et sa timide bru restaient de longues minutes à discuter devant un plant, pendant que ma sœur et moi traquions les fourmis, et que Francis s'était éloigné pour aller pisser. Peut-être parlaient-ils boutures et semis, engrais et saisons. Peut-être ma mère, Petite Sirène un court instant désensorcelée, autorisait-elle la langue de Vaudoy-en-Brie à reprendre sa bouche, laissant filtrer quelques rayons de son savoir paysan, ses connaissances botaniques étonnant le médecin, tous deux murmurant comme des comploteurs, les masques un instant déposés sur la glèbe sombre. *Enfin une qui m'a compris.*

Mais, pour l'instant, Nicole a cette vilaine tête sous les yeux, et dans les oreilles la voix changée, hargneuse, de son promis, qui vitupère contre ce père malaimé. Elle se dit une seconde que malgré tout, il a de la chance, Francis, d'avoir encore un papa. Elle se le dit une seconde, pas plus.

Sur la photo, à côté du chef de famille, l'épouse se tient très droite. Mais elle est tellement minuscule, pas même le mètre cinquante – tellement fine, tellement étroite qu'elle en paraît voûtée, comme écrasée entre les jambes des mâles qui l'encadrent. Une femme dont la vocation à être transparente, invisible, est inscrite dans les os. Son expression est un peu ahurie : des yeux de chouette, la bouche de travers. Francis raconte le mariage arrangé, la fille du grand dentiste alsacien de la vallée de la Kruth, forcée d'épouser l'étudiant en médecine belfortain ; alors que l'autre fille, l'aînée, la tante Janine, a maintenant un nom à particule, mariée à un comte-colonel, un type pas mal, dit Francis. Il raconte comment sa mère s'enferme souvent dans sa chambre pour pleurer, parce que son mari la trompe sans vergogne avec les infirmières. Il dit que cette femme ne lui a jamais lu une histoire au coucher, parce qu'elle n'a jamais amené au lit un seul de ses quatre enfants ; la gouvernante s'en chargeait, cette Joséphine dont il parle beaucoup, dont il mime le lourd accent mosellan, à la grande joie de Nicole dont le cerveau travaille à toute allure pour se représenter ça : un petit enfant de la haute société s'endormant chaque soir dans la grosse voix rassurante d'une employée de maison luxembourgeoise. Il précise que sa mère est quand même gentille, et demande à Nicole si elle a un peu d'éducation religieuse, *parce que avec ma mère c'est quinze « Ave » par jour !* Il ne sait pas encore, Francis, que cette femme tombera mystérieusement malade deux ans plus tard, que ses petits-enfants ne garderont d'elle que le souvenir d'une frêle méduse toujours alitée, qui réclamait aux beaux jours qu'on la transportât à la fenêtre, d'où elle regardait, les yeux humides, les ronces et les orties envahir son jardin. Plus personne ne franchissait le seuil de sa chambre qui puait le camphre et le pipi ; mais moi, petite, j'y passais plusieurs heures par jour, assise à son chevet dans une bergère défoncée, dont l'assise crevait comme elle.

Parfois elle me demandait d'aller chercher dans la vitrine un vieil album photo : beaucoup d'images de poilus, quelques casques à pointe aussi – la frontière n'est pas loin – les femmes dans des robes incroyables, longues et fluides, avec la taille baleinée très haut sous la poitrine, les hommes portant le haut-de-forme ; des photos de mariage sur fond de ballons vosgiens pittoresques et enneigés ; des bébés mâles en dentelles et frisettes qui ressemblaient à des filles. Un jour elle m'a même montré des daguerréotypes. C'est le premier mot savant que j'ai retenu. Daguerréotypes... Mon moment préféré, pendant ces séances, était celui où la bonne, la dévouée Lydie, apportait le thé. Elle relevait le corps de la malade, regonflait ses oreillers d'un tapotement professionnel qui me fascinait, et installait sur le riche couvrelit en damassé or et turquoise un petit plateau d'argent : théière, tasse et soucoupe, petite cuillère en vermeil, pot à lait, pot à sucre... Mon plus grand plaisir était d'être autorisée à verser le nuage de lait. *Stop !* disait ma grand-mère, en guettant l'instant où la spirale blanche, qui se diluait en tourbillonnant dans le liquide doré, allait lui assurer le goût exact. C'était le seul moment où je la voyais concentrée, attentive, terrestre. Le reste du temps elle piaillait, et son babil de radoteuse tombait dans mes oreilles qui n'ont rien retenu. Une chose, cependant, n'a cessé de m'intriguer : elle avait une tante, la tante Marthe, dont une photo ornait sa coiffeuse, un portrait en tous points comparable à celui que j'avais vu de George Sand, à l'époque où ma passion pour Chopin m'avait poussée à faire des recherches.

La tante Marthe était habillée en homme, comme la compagne de mon cher Polonais, et comme les « inverties ». Dans la bergère, je me suis vue *penser* pour la première fois.

Minette, c'est ainsi qu'on l'appelait, est morte quand j'avais dix ans. J'ai gardé l'amour des fauteuils défoncés et des visites aux vieilles dames.

Les amants de la mansarde se resservent un verre d'edelzwicker, et le doigt de Francis glisse sur le personnage suivant. *Ça, c'est mon frère aîné Bertrand, et à côté, celle qui brille plus qu'une boule du sapin, c'est sa femme, Annette.*

Francis explique à Nicole que Bertrand est une tête, un crack, un type brillant qui s'est déniché une épouse magnifique, d'excellente famille, merveilleusement blonde, une sorte de Grace Kelly du Territoire de Belfort. Après ses études de médecine à Strasbourg, il est en pleine ascension professionnelle : pas trente ans et déjà un cabinet à soi, certes pas en ville, mais dans le sud du département, là où les petits bourgs s'enrichissent grâce à la proximité de la Suisse. Les deux frères sont en désaccord sur tout : jazz contre classique, bohème contre établissement, FLN contre OAS, amour contre argent... Nicole contemple ce visage autoritaire, au menton lourd, surplombé d'une houppe grandiose de crin noir qui lui donne un air de mandarin chinois. Le couple a déjà un fils ; on devine sur la photo que ce doit être ce bébé que Grace Kelly laisse pendre au bout de ses bras plutôt qu'elle ne le porte, cherchant presque à l'effacer, sachant que l'ovale parfait de son visage et la beauté éclatante de son sourire l'emporteront sur le paquet informe emmailloté dans le bas du cadre.

Nicole déglutit et retire sa main de la cuisse de son amant. Devenir Madame D., c'est se faire admettre par tous ces gens si parfaits ; c'est bien plus compliqué que de satisfaire un client qui demande si le modèle existe en demi-pointure.

Mon oncle Bertrand est à jamais associé au nom de Debussy.

C'est lui qui m'en a fait écouter pour la première fois. Il paraissait vieux jeu, mais quand il m'a offert le 33-tours des *Préludes,* il m'a dit : « Tu sais, il n'y a pas que Bach et Haendel en musique. » La pique était dirigée contre son père, le bon docteur, qui tenait les orgues le dimanche à la messe, et qui propageait la rumeur selon laquelle tout ce qui avait suivi les compositions de ces nobles figures était des inanités.

Nicole entend ces noms, Bach, Haendel, Debussy... Pour elle, ce ne sont que des noms de rues, déchiffrés sur les plaques d'émail bleu et blanc vissées aux murs des villes où elle a séjourné. Elle associe, elle retient, elle réfléchit. Elle se penche encore un peu sur la photo : *Qu'est-ce qu'ils sont beaux, quand même...*

La nuit est profonde, silencieuse, même le bec de gaz semble s'endormir, son faisceau palpite paisiblement sur la photo qui n'a toujours pas quitté les mains de Francis, sauf peut-être quand il attrape le menton pointu de Nicole et approche ses lèvres des siennes. Il lui demande gentiment si elle n'est pas trop fatiguée, elle répond que non, qu'il reste des gens sur la photo, qu'elle veut tout savoir.

À la gauche d'Annette, se tient un homme dont l'insignifiance est sans doute renforcée par sa juxtaposition avec Grace Kelly. C'est l'autre frère, mon oncle Patrice, ses paupières tombantes, ses joues plates, sa raie de côté, son gros grain de beauté sur l'aile du nez, sa moustache qu'on dirait dessinée au crayon. C'est lui qui porte le mieux l'héritage phlébologique de la famille, cette paresse du sang qui flemmarde avant d'irriguer les extrémités, laissant pieds et mains froids, cadavériques, écarlates et bleus à la fois, inhospitaliers et disgracieux dans les longs hivers, et dans l'été aussi. Il est le seul qui ne regarde pas l'objectif, son regard est tourné vers le sujet suivant de la brochette, un ingrédient tout aussi insipide, dont on ne tarderait pas à dire qu'il était un vrai bonnet de nuit, sa femme Claire, qui se presse contre lui avec un air béat.

Mais Francis dit qu'il les aime bien, parce qu'ils sont timorés et amoureux, parce qu'il y a des livres dans leur petit logement d'un quartier périphérique de Montbéliard, parce que la modestie de leurs ambitions est aussi une manière de dire merde au chef suprême. Patrice a été contraint de faire médecine, lui aussi, mais devant son inappétence et ses résultats pitoyables, le despote a consenti à ce qu'il se réoriente vers des études d'histoire, sa passion. Il est prof dans un collège près de l'usine Peugeot, c'est là qu'il a rencontré son épouse, une enseignante d'éducation physique. Francis la croise souvent dans les meetings : elle est coureuse de fond, une fille qui tourne en rond mais qui a de belles jambes.

Patrice fut mon parrain. À chaque anniversaire je recevais un livre de contes illustrés dans une belle édition, Grimm, Andersen. J'ai lu à Camille tous les classiques dans l'un ou l'autre de ces albums. À sa mort j'ai tout balancé, même pas offert à Emmaüs ou à la bibliothèque. C'est compliqué d'hériter de son enfant...

Nicole remonte la couverture sur leurs épaules : il reste trois personnes à étudier sur la photo, un couple et une femme.

Le couple est constitué de la sœur de mon père, Martine, la seule fille de la fratrie, et de son mari, comète chauve et grassouillette, passage éclair, marié-divorcé, le temps de lui faire cet Emmanuel qui végète dans un hôpital, où les médecins savent déjà qu'il ne vivra pas longtemps – le premier petit-fils du bon docteur, si c'est pas malheureux quand même...

Martine a un air de folle, les yeux mi-clos éblouis par le flash, le sourire surdimensionné découvrant des dents immenses, dans un visage dont on ne retient que le halo noir sous les yeux, et les deux bandeaux de cheveux très lisses qui l'encadrent. Ses épaules sont bancales, sa robe de marque portée comme un chiffon. Tout ce que la chimie psychiatrique produira de molécules neuroleptiques lui passera dans le sang. Francis ne s'attarde pas sur sa sœur, comme s'il avait déjà admis sa dérive vers un autre monde.

Frissonnante maintenant, Nicole attend avec impatience, malgré la fatigue, que l'index permute sur le bord droit du cliché, là où sourit simplement une femme qui porte une blouse comme celle que mettait Charlotte aux jours de fête, quand elle troquait celle à carreaux pour celle à fleurs ; une femme dont on voit tout de suite qu'elle n'appartient pas au clan, mais qu'elle le sert.

Et ça, c'est Lydie, dit Francis, *la bonne à tout faire.* Nicole sourit intérieurement, comme apaisée, comme quand surgit au dernier acte le personnage qui va dénouer tous les fils. Elle perçoit immédiatement que cette grosse dame entre deux âges sera sa première alliée dans la place. Escalier de service, chambre dans les combles, odeurs d'oignons et d'encaustique rassemblées dans le tablier de cuisine, coups de gueule et giron consolant... Francis parle de son quatre-quarts, de son foie de veau et de son dévouement, mais dans le soupir qu'il pousse du profond de ses poumons en même temps que la fumée de leur dernière Gitane, elle entend la blessure d'enfance : *Lydie, elle est bien gentille, mais elle ne remplacera jamais Joséphine.*

Ça y est : toute la brochette a été mastiquée, déglutie, avalée. Nicole s'allonge, courbatue, trop nue, tremblante soudain. Francis reste assis sur le rebord du lit, la photo toujours entre les mains, les pieds croisés l'un sur l'autre pour essayer de les réchauffer, ces pieds ataviques aux veines apparentes, gonflées et bleues. Il dit qu'il n'a pas encore parlé de l'oncle Raoul et de tante Janine, qui vivent en Bourgogne et qui ne sont pas sur la photo parce qu'ils n'étaient pas venus dans l'Est ce Noël-là. *Il faut que je te parle du colonel, c'est vraiment un type pas mal.* Mais Nicole s'est endormie, en chien de fusil, avec l'unique oreiller bourré dans le creux du ventre, la bouche entrouverte du côté du bon profil. Un frisson le parcourt. Il sait qu'il lui reste très peu à dormir et se couche contre elle : *Ma chérie, ma Princesse au petit pois, tu sais, c'est moi qui ai pris la photo...*

T'es bien roulée dans ton tabac
Viens que je t'aspire au bout de mes doigts
Comme une frangine à la dérive
Qu'a son tabac dans ses archives
Et qui vous refile tous ses dossiers
Histoire de mieux vous renseigner
T'es une donneuse de paradis
T'es ma Gitane et ça m' suffit
T'es ma Gitane, t'es mon amie

Dans ma belle chambre à l'étage de la Chaumière, je reste moi aussi les yeux attachés sur la photo. Il y eut extinction massive et précoce des membres qui composent ce groupe. Un chagrin gonfle. J'écrase ma clope. J'ai envie de prendre le petit chemin qui longe l'arrière de la bâtisse et d'aller pleurer dans les graminées, j'ai envie d'embrasser les troncs des sapins qui laisseront sur mes habits cette sève résinée qui ne part pas, même après le lavage en machine, de confier aux nobles digitales pourpres combien j'en ai gros sur la patate, d'aller fourrer mes doigts dans la mousse odorante qui ondule sur les racines, de vérifier l'avancement des myrtilles et la regrettable disparition des framboises sauvages, de marcher sur les chaumes, humant la douceâtre odeur de bouse, pendant que l'or des pelages soyeux du bétail en estive flirte avec le soleil rasant.

Ce soir, je mangerai en bas, au restaurant, parmi les clients. Une salade vosgienne ou un caquelon au vin d'Arbois, que ma sœur me servira avec une grosse bise dans le cou.

c.

Voici maintenant la scène où Nicole est présentée pour la première fois à ses futurs beaux-parents. Que faut-il choisir ? Un déjeuner dominical ou un tea-time en semaine ?

Le choix du tea-time présenterait l'avantage de s'attarder sur la finesse du service en porcelaine de Chine et sur les incroyables petits sablés que confectionnait Lydie, mais il n'est pas réaliste. Nicole ne débauchait pas avant la fermeture de la Cordonnerie parisienne, à 19 heures dans le meilleur des cas ; le plus souvent à 20 heures, Micheline et elle se portant souvent volontaires pour des heures supplémentaires : préparation des vitrines, inventaire, déstockage. Un peu tard pour le thé. Va pour le déjeuner dominical.

Il me faut maintenant trouver la saison.

Considéré que Nicole et Francis se sont mariés en janvier 1965, qu'un délai respectable a nécessairement dû séparer les fiançailles du mariage, que Francis a dû plusieurs fois repousser le moment de conduire la timide inconnue des casernes et des estaminets dans l'imposante demeure familiale, on peut raisonnablement placer cette visite à la fin de l'été précédent, fin août, début septembre.

Mais oui, pourquoi pas ? C'est même une bonne idée. La scène pourra ainsi s'enrichir de l'anniversaire du futur marié (il est né un 30 août), et du récit d'une mémorable engueulade, jamais datée mais souvent rapportée, devenue légendaire.

Par curiosité je regarde sur internet quel jour de la semaine tombait en 1964 le 30 août. Le résultat de ma recherche me laisse sans voix... c'est un dimanche ! Cette coïncidence entre ma fiction et la réalité du calendrier, troublante, presque farceuse, attache solidement le fil à l'aiguille, point de croix dans mes coutures.

Nous sommes donc le dimanche 30 août 1964.

J'invente la situation mais je connais parfaitement les lieux. Je peux dire quelle est l'exacte orientation du soleil, à midi, une fin d'été, dans le jardin du 37 – c'est ainsi qu'on appelait la maison de mes grands-parents. Parce qu'elle était située 37, faubourg de Montbéliard. Avec les surnoms idiots, la famille avait cette autre manie : nommer les habitations des uns et des autres par le numéro de leur rue ; j'ai habité dix-sept ans au 22, j'avais des cousins au 48, une tante au 11.

Donc, du jardin du 37 un dimanche midi de fin d'été, je sais par exemple les dernières framboises et les dahlias très roux, je peux décrire aussi le motif délavé de la toile des chaises longues, que personne ne rentrait jamais, ni sous l'orage ni sous la canicule. Fifi le chien mordille une balle crevée. La DS sèche dans l'allée : le Sousatz la lave chaque dimanche pendant que la famille est à la messe.

Qui était à la messe, d'ailleurs, ce dimanche-là ? Mon grand-père certainement, puisque c'est lui qui tenait les orgues, faisant souffler dans les tuyaux moins la ferveur des cantiques que son plaisir de l'instrument. Ma grand-mère évidemment ; accompagnée selon toute vraisemblance de son fils aîné et de sa bru. Et puis finalement peut-être même toute la tribu, à cause de ce jour particulier : les 20 ans de Francis. Bien que baptisé, mon père n'était pas pratiquant, il détestait les curés et ne s'en cachait pas. Cependant, il cédait sans difficulté au code bourgeois qui exige que les « grandes étapes de la vie » soient ponctuées par le trempage de doigts dans un bénitier, et l'absorption d'une hostie. Donc, va pour la messe.

Au retour, chacun est terriblement excité. C'est décidément un dimanche hors du commun : le jour de ses vingt ans, le petit dernier présente à la famille la jeune femme dont il répète depuis plusieurs semaines qu'*elle est la bonne.* Tout le monde est là : Bertrand et Annette, Martine et Bernard, Patrice et Claire. Le docteur et madame. Lydie. On peut imaginer le froufroutement des commentaires pendant la traversée du jardin et la montée du grand escalier de chêne. « Un peu courte, la jupe, non ? », « Tu crois que ça m'irait les cheveux coupés comme ça ? », « Elle a combien d'années de plus que lui, déjà ? » Nicole n'entend rien. Elle reconnaît les visages que Francis lui a détaillés sur la photo cette nuit de juillet, mais les voir ainsi animés, changeants, la déroute. Elle dévore des yeux chaque détail, enregistre des odeurs, veille à ne pas trébucher dans ses Jourdan blanches à hauts talons (modèle d'exposition cédé à bon prix par sa patronne), sourit ; elle n'a pas encore parlé. Lydie se tient en haut de l'escalier et lui souhaite la bienvenue en la débarrassant de son joli petit manteau d'été en piqué grège (une demi-paie). Elle remercie, sourit, suit les autres au salon, retient un cri en découvrant la richesse du mobilier Empire, et pose un quart de fesse à la place qu'on lui assigne, sur la méridienne, où deux sphinx d'or vissés sur les montants d'acajou semblent lui avoir spécialement concocté une énigme à leur façon. Passera-t-elle l'examen ?

On se répartit autour du grand guéridon en marbre. Lydie apporte du porto et du pontarlier. Veut-elle un verre ? Elle jette un regard éperdu vers Francis qui l'a rejointe sur la méridienne et qui répond pour elle : « Un doigt de porto. Juste un doigt. » La conversation s'engage. Elle sourit, s'efforce de tenir les genoux bien serrés et le verre bien droit. « Alors, *le Boy,* ça fait comment d'avoir 20 ans ? », « Ben, tu nous l'as cachée longtemps, ta Nicole ! », « Comme ça, vous êtes de Coulommiers ? », « Ah oui ! La Cordonnerie du faubourg de France ! », « Vous êtes orpheline, ma pauvre. Francis nous a dit... » Je vois ma mère répondre évasivement avec son filet de voix qui oblige chacun à se pencher vers elle, sa ravissante petite tête pivotant sur son cou, comme les canaris, selon le rythme des questions et la place des examinateurs. Elle est impressionnée mais pas mal à l'aise. Elle est l'Invitée, peut-être même la Fiancée, si elle ose en croire Francis. Elle flotte dans un océan vert impérial où les petites abeilles napoléoniennes lui butinent une bouée d'or. Elle est amoureuse, il y a du soleil, elle a faim et le fumet qui s'échappe de la cuisine laisse présager un repas de viande.

On passe à la salle à manger. Cette fois elle ne peut retenir le cri, il jaillit hors de sa bouche, une discrète exclamation, en même temps qu'un saisissement fige son corps quelques secondes : Nicole n'a jamais vu de piano à queue. Le vieux Blüthner trône dans un angle, antédiluvien, affichant toutes sortes de cicatrices sur sa laque noire : cercles pâles des verres à schnaps, cercles brûlés des tasses à café, écorchures aux pieds, rayures diverses au flanc, à hauteur de guidon des vélos d'enfant. L'ivoire des touches a jauni et des piles de partitions vagabondent au lutrin. Nicole caresse furtivement le couvercle comme elle fait pour les chats qui ronronnent sous sa main. Ronronne le piano. Inoffensif Léviathan, déjà conquis lui aussi. Puis ses yeux se posent dans l'angle opposé, sur l'imposant lit-bateau tendu de velours jaune d'or, que tapissent plusieurs numéros de la revue *Historia.* Sur les couvertures, elle voit les portraits des grands de ce monde. De Gaulle, Nehru, Malraux, Jean Moulin et même Paul VI... Elle ne les connaît pas tous, mais leurs nobles visages semblent escorter solennellement son entrée dans la bonne société. Oui, c'est décidé. Chaque objet, chaque meuble, chaque figure seront des alliés, des protecteurs. Pas question que toute cette richesse organise une manœuvre d'intimidation qui la renverrait à la bouse de Montanglaust. Elle sourit encore, son corps se délie, avance dans l'immense pièce. Poisson dans l'eau.

La table est somptueusement dressée. « C'est comme ça tous les dimanches ? » souffle Nicole à l'oreille de Francis qui lui embrasse le cou, qu'elle a si long, pour toute réponse. Chacun prend place, couple par couple. Une petite féerie de lumières scintillantes s'invite dans tous les regards. Les rayons du soleil, déjà diffractés par la baie vitrée du balcon, s'enroulent autour du cristal, de l'argenterie, des bijoux, histoire d'allumer les étincelles que la nappe blanche gobe en ondulant. Opulence et prospérité, beauté et raffinement, luxe et volupté, ne sont plus seulement des mots compliqués croisés dans des romans, mais une réalité éblouissante, que Nicole aussitôt porte en diadème, épouse.

Il faut la voir à table, dans la jungle des porte-couteaux, des couverts rangés en bataillons de chaque côté des assiettes, des verres au garde-à-vous, observer les gestes et les réflexes, les rites et les manières. Elle copie, elle imite, elle assimile à grande vitesse. Elle ne commet aucun impair, ne renverse rien, les coudes au-dessus de la table, la serviette sur les genoux, ne s'empiffrant pas, mais mastiquant lentement et silencieusement, puis déglutition imperceptible. Elle refuse le vin. Elle sourit. Cette étude mobilise tellement son attention que les conversations ne lui parviennent que dans un bourdonnement opaque, ponctué par le hennissement du rire de Martine, la «folle», avait dit Francis. Les plats arrivent et repartent avec une fluidité impeccable. Conte de fées.

Arrive le moment du dessert, deux magnifiques tartes aux mirabelles dressées comme dans les pâtisseries chics, avec les fruits coupés « en hérisson » et plantés debout dans la pâte, si bien que leurs pointes caramélisent élégamment. C'est le dessert préféré de Francis, qui coule vers Lydie un regard où vogue une reconnaissance gourmande. Dans chaque tarte sont plantées dix bougies, on les allume, le gamin les souffle, chanson rituelle hurlée faux, apothéose sous les applaudissements. Certains sont ivres, ça commence à se voir; Minette renifle doucement.

À présent, tout le monde se lève et retourne au grand salon pour le café. Les femmes font un détour par le vestibule pour aller chercher les cadeaux destinés à Francis, pendant que Lydie dépose devant chacun une minuscule tasse en porcelaine vert impérial et blanc, motif à palmettes et lambrequins, avec soucoupe bordée d'or. Nicole en regardant la sienne s'affole légèrement, calculant déjà le geste à effectuer pour attraper délicatement l'anse d'une main, tandis que l'autre soutiendra l'assiette sans l'approcher trop de la bouche. Elle décide de se passer de sucre pour ne pas avoir à manipuler un troisième instrument : la cuillère à moka – elle n'avait jamais entendu ce mot.

C'est Bertrand et Annette qui, les premiers, tendent au cadet son cadeau. On reconnaît au paquet un 33-tours. Francis déchire l'emballage, en retire le disque, laisse tomber ses yeux sur la pochette, les relève consternés vers son aîné, et remercie platement avec un sourire convenu, tout en présentant l'objet à l'assemblée : *Debussy – Pelléas et Mélisande.* Chacun opine, murmurant toute une gamme d'acquiescements divers. Bon. Pas folichon. Rien d'exceptionnel. Au moment où la déception aurait pu outrageusement se lire sur le visage de son petit frère, Bertrand, qui savoure le moment, lance : « Attends, attends, *le Boy* ! J'en ai un autre ! » Il glisse le bras derrière son dossier et en retire un autre paquet. Même format, même manège, même silence suspendu... Mais cette fois, quand les yeux de Francis se relèvent de la pochette, ils brillent délicieusement. L'étonnement a empourpré son visage. D'un bond il se dresse sur ses pieds, le disque tombe à terre, il se précipite vers son frangin qui, très fier de son effet, l'accueille en se levant, et à ce moment se produit un événement qui restera dans les mémoires, parce qu'il fut unique : une accolade virile et fraternelle entre les deux jeunes hommes, avec claques dans le dos et ébouriffage de cheveux. Quelqu'un a ramassé la pochette tombée à terre : *Sidney Bechet – The Olympia Concert – Paris 1954.*

Ça alors ! Que Bertrand, qui a toujours méprisé le jazz – musique de nègres ! – offre à son frère cet album légendaire sidère l'assemblée. La charge symbolique est de taille. *On est des hommes maintenant, je t'aime bien, petit frère, et même, je te respecte.* La fratrie est aux anges... C'est très émouvant. Minette a les mains jointes, les yeux embués, et son cou d'autruche, où tremblotent des perles fines, penche sur une épaule.

C'est au tour de Patrice et Claire de présenter leur cadeau.

Chacun reconnaît le papier de la librairie Kohel, la seule de Belfort. Dix-huit ans plus tard, quand, lycéenne, je demanderai à une vendeuse de cette même librairie s'ils ont Descartes, elle me répondra : « Non, désolée, on ne fait pas les jeux... » Aujourd'hui c'est une boutique de téléphonie mobile. Le frère du milieu offre donc un livre. C'était prévisible, mais Francis est content. Celui-là, il le convoitait depuis longtemps ; il en avait glissé l'idée à sa belle-sœur : *Histoire des jeux Olympiques de leur création à nos jours.* Les deux frères échangent un sourire franc tandis que Claire se fend d'un clin d'œil complice. Les narines de Nicole se délectent de l'odeur de neuf qui se dégage des pages, Francis feuilletant rapidement l'ouvrage sur leurs quatre genoux rassemblés au bord de la méridienne : grandes photos sur papier glacé, titres luisants, solide reliure.

La pâmoison familiale est à son comble. Sur son épaule, la tête de Minette penche un peu plus dans un sourire d'extase.

On ressert une tournée de café. Bertrand interroge son père du regard. *Est-ce que tu daignes sortir tes alcools ?* Les mains nouées sur son ventre, un cigare déjà vissé aux lèvres, le patriarche acquiesce, avise Lydie, et d'un coup de menton lui désigne la cave à liqueurs. Nouvel étalage de merveilles.

Entrée en scène des verres à cognac aux flancs joufflus, des verres à schnaps aux jambes ciselées... Nicole se recule au fond de la méridienne, comme si son propre souffle allait suffire à briser toute cette sonate de cristal.

« Et toi, Martine ? Qu'est-ce que tu lui as offert, au *Boy* ? »

Souriant mystérieusement, Martine attrape entre les pieds de son fauteuil un paquet informe qu'elle lance sans précautions à son frangin. Il le rattrape au vol, non sans donner à son geste toute l'élasticité d'un handballeur, ne manquant jamais une occasion de mettre son corps en valeur ; ses aînés s'empâtent déjà, quand lui est si fin, si tonique, si musclé. Il ouvre le cadeau, et entre ses mains apparaît la tête d'un petit tigre en peluche. Francis éclate de rire et relance le jouet à sa sœur pareillement hilare, qui le manque. Bernard le ramasse et le projette aussitôt sur Patrice, qui le renvoie à Annette, qui le passe à Bertrand, qui hésite, avant de le lancer sur Nicole, qui stoppe le tir sous les acclamations. Liesse absolue. Minette se signe et sort de la manche de son poignet un petit mouchoir de dentelle dont elle se tamponne les yeux. L'échauffement de la bataille a donné le signal : chacun porte à ses lèvres une généreuse lampée d'eau-de-vie.

Alors se lève Pierre D., le patriarche, qui jusqu'à présent s'était tenu en retrait des réjouissances, et qu'on voit disparaître d'un pas traînant en direction du petit salon.

Francis le suit des yeux, et échange avec Nicole un regard plein d'espoir. Pour ses 20 ans, il a commandé ce que depuis des mois sa bourse lui interdit de s'offrir : une paire de « pointes », ces chaussures d'athlétisme que les perchistes portent pour optimiser leur élan. Certes, il s'en fait prêter par la fédé, mais posséder les siennes propres serait son plus grand bonheur. L'allégresse générale, la beauté de Nicole, l'ivresse montante ne le font pas douter une seconde que ses parents auront souscrit à son vœu.

Le médecin reparaît, cigare au bec, portant dans ses mains une boîte emballée dans du papier kraft, oui, une boîte à chaussures, incontestablement, si l'on en juge par le format. Le visage de Francis s'illumine, il sent déjà dans ses cheveux le souffle d'air brûlant quand il s'élancera audessus de la barre. Puis, se saisissant amoureusement de l'objet, décollant précautionneusement les scotchs, il ouvre le couvercle...

« Merde, papa, mais c'est pas possible ! T'as pas pu me faire ça ! »

Entre ses doigts, émergeant comme un serpentin fané d'un bouillonnement de papier de soie, pend une cravate en satin bleu...

Livide, le regard plein de haine, Francis semble pétrifié pendant que tous les visages se baissent, que tous les yeux se mettent à compter les fleurs du tapis, que toutes les mains tripotent une montre, ou un ongle, ou un bouton...

« Tu croyais tout de même pas que j'allais t'acheter ton truc de singe ? Tu veux faire du sport ? Alors tu te payes ton matériel. Je ne t'ai pas élevé pour que tu passes ta vie sur des stades, tous les jours en récréation, tous les jours à faire le cacou devant les filles ! Tu veux pas faire un métier sérieux ? C'est ton problème. Mais ne me demande pas en plus de financer tes âneries. Bon. Je vais faire la sieste. Lydie, vous rangerez les alcools. »

Le Père n'a pas élevé la voix, n'est pas devenu cramoisi de colère, à peine peut-on remarquer qu'il écrase son cigare dans le cendrier d'un geste un peu trop appuyé en quittant la pièce. Les volutes puantes qui s'échappent du mégot, s'élevant dans la lumière oblique, escortent sa sortie, floutent le moment... Alors un hurlement lacère le silence gêné :

« Salaud ! »

Comme un ressort, Francis bondit de la méridienne et se lance à la suite de son père, renversant le grand plateau d'argent – bris de cristal, chute de bouteilles. Ses frères se précipitent sur lui, tentent de le maîtriser – échauffourée, confusion extrême. Les femmes crient, Fifi le chien file sous la commode, le bébé de Bertrand et d'Annette se réveille en hurlant, et une odeur inquiétante envahit la pièce, peut-être celle du parricide, s'il en avait une : cigare tiédasse, remugles de cognac répandu sur le tapis, vieille pisse de chien agglomérée à la poussière, parfums du décolleté des femmes que l'émotion a fait tourner, et, en note de fond, l'éther qui monte de la clinique, dont le bon docteur fait un usage immodéré pour anesthésier ses patients. Nicole, rendue malade par les nourritures trop riches et la violence de la scène, se précipite à la fenêtre d'où elle vomit sur le balcon. Fiasco.

Il faudra des mois pour que le père et le fils se reparlent. Il faudra ma naissance.

4

Cette misérable histoire de « pointes » comporte un épilogue qui nécessitera de s'attarder quelque peu sur la figure du fameux oncle Raoul, le comte-colonel épousé par la sœur de Minette.

Mais je diffère, je fais durer. Il reste sur l'aiguillée de quoi faire quelques points.

Je vais quitter la Chaumière, ses nappes aussi riantes que ses clients, ses massifs d'immortelles où se soûlent des milliers d'abeilles. Je vais retourner dans ma ruche de banlieue, m'occuper de mes immortelles de papier, butiner leur carbone 14. Je vais rentrer là où ne grandira jamais la petite pousse ramificatrice de l'arbre généalogique, mais que j'arrose soigneusement au cimetière. Ma fille-jardin.

Ma sœur m'attrape pendant que je boucle mon bagage. Hier soir, entre les *fleischnäcke* au canard et les canards de mirabelle – la Chaumière propose encore le sucre en morceaux –, elle a fait parler un autochtone qui maîtrise le patois : en alsacien, *Sousatz* veut dire « complément ». *No comment.* Mon intuition était la bonne. Comme à la Comédie-Française : les figurants s'appellent « artistes de complément ». Ni héros, ni Golem, ni Martien. De la valetaille. Je me demande si Nicole et l'ermite du 37 se sont un jour parlé, comme ça, en douce, un dimanche devant la DS, tandis qu'il lustrait les jantes avec un méchant chiffon rouge.

Avant de lui remettre son couvercle, je brasse une dernière fois les clichés de la boîte à chaussures, dans l'espoir qu'une date ou un nom m'aient échappé, qu'une intuition soudaine me saisisse, un recoupement, une association... Mais non, tous ces lieux, tous ces visages retournent à leur posture de figurants, à leur anonymat buté, comme des jouets à ressort en bout de course, qu'il est inutile de chercher à remonter parce que le mécanisme est foutu. Il faut bien l'admettre, l'essentiel reste caché : qui était donc mon vrai grand-père, le mystérieux Fernand Bellenger ?

Où sont les hommes ? Qui a pris la photo ?

Pourtant quand je l'ai ouverte, il y a plusieurs mois déjà, tout son contenu s'est mis à pépier, à jaser en tous sens, à glousser d'aise, m'envoyant sur de fausses pistes, me baladant dans toute la France, me baladant tout court.

Je fais défiler dans mon téléphone les photos que j'ai prises à Coulommiers, au Blanc, à Contrexéville. Les Thermes, Le Montana, Sainte-Thérèse ; des fleurs, des berges de rivières, des jardins publics déserts... Les décors de mon conte des quatre saisons, comme un livre d'images que je ne me lasserais pas de raconter à Nicole et à Camille. Elles écoutent, lèvres pâles et bouche close, leurs deux visages laiteux se confondant en un seul ovale aux yeux vairons, l'un bleu de mer, l'autre noisette des champs.

Elles écoutent le conte de leurs saisons enfuies.

J'arrive à la fin de la bobine.

Francis appelait ses pointes ses « bottes de sept lieues ». C'est elles qui lui permettaient de fendre l'air, avant le grand frisson des altitudes à venir, quand il s'engageait sur la piste d'élan, perche brandie tel un chevalier au tournoi. Il voulait sa paire à lui, ajustée à son pied, à sa foulée, à son humeur. Certaines de ses plus piètres performances, il en était sûr, avaient pour cause le mauvais matériel : ces chaussures qu'on lui prêtait par charité, ou qu'on lui cédait avant la mise au rebut. Il n'avait pas osé demander à Nicole de lui prêter de l'argent, qu'elle prélève sur son salaire les quelques centaines de francs qui l'auraient privée de l'achat d'une de ces robes à fermeture Éclair dans le dos, qu'il adorait décidément lui retirer – la descente de la glissière comme un voluptueux prélude. Mais après la scène du 30 août, verres brisés, malédictions et signes de croix, Minette éplorée a téléphoné à sa sœur en Bourgogne, relatant péniblement l'événement entre deux sanglots et deux « Pater ». Alors son beau-frère, l'oncle Raoul, le comte-colonel, a mis la main au portefeuille, autre baguette magique, jouant les bonnes fées comme Victor, à croire que les militaires de l'époque faisaient dans l'humanitaire familial. Je ne sais comment la tante Janine a extorqué en secret l'adresse postale de Nicole, mais un beau matin, un colis est arrivé rue Traversière, portant le cachet de la poste principale de Dijon, adressé à Monsieur Francis D., chez Mademoiselle Nicole Rapaille. Oui, elles étaient bien là, les fameuses bottes de sept lieues, la merveille des merveilles, de première qualité et à la juste pointure, promesse de records et de grandes sélections aux compétitions nationales – un sésame, un pont d'or. Francis ouvrant la boîte en a pleuré, baisant le cuir souple, poussant de petites exclamations de moineau, tandis que Nicole roucoulait d'aise, tellement fière d'avoir servi de boîte aux lettres clandestine, tellement flattée que le comte et la comtesse l'aient impliquée dans le mauvais tour joué au méchant docteur, comme une validation officielle de son statut de fiancée. D'ailleurs, elle porte une bague maintenant, autre cadeau des aristos de Bourgogne, une perle fine sur un anneau d'argent, enchâssée par deux griffes où brillent deux minuscules diamants. Pour travailler, elle la retire, et la range soigneusement dans le casier qui lui est réservé au vestiaire de la Cordonnerie Parisienne. Elle la replace à son doigt à l'heure de la débauche, portant la main à son visage pour un oui pour un non – menton dans la paume, mèche replacée derrière l'oreille –, afin d'afficher en toutes occasions la preuve par l'huître, la pièce à conviction, opalescente et incontestable, de l'amour partagé, de son devenir bourgeois.

Bientôt une autre preuve, vivante et tout aussi incontestable, arrondira son ventre. C'est moi qui vais germer dans l'hiver, accidentelle ou désirée selon les versions, accrochée et mûrissante à l'heure des noix et des endives, pour naître dans le plein milieu de l'été suivant, sous le soleil exactement.

À présent je suis née mais je ne vis pas avec mes parents. Francis fait son service militaire à Dôle, Nicole habite toujours rue Traversière, multipliant les heures supplémentaires à la Cordonnerie parisienne, accumulant les propositions de baby-sitting le soir et le week-end pour mettre du beurre dans les épinards. Le jeune couple n'a pas un radis, il bosse pour des cacahuètes, faut pas se raconter de salades. Mon père et ma mère se trouvent dans l'impossibilité de subvenir aux besoins d'un nouveau-né, si bien que j'habiterai au 37 les trois premières années de ma vie, à hauteur de framboises, de Fifi le chien, du lit de Minette, et du tablier de Lydie. Je n'ai jamais su quels étaient les termes de cet accord. Sans doute la brouille liée à l'affaire dite « des pointes » fut-elle à ce point féroce, que l'orgueil de mon père lui a interdit de demander de l'argent au bon docteur, et que celui-ci, pressé par sa femme, qui me voyait déjà mourir de tuberculose, a tempéré sa sévérité en proposant de prendre soin du bébé le temps nécessaire à leur établissement. En un mot, ils tirent le diable par la queue, comme je tire sur l'aiguille, au risque de froncer le tissu, de casser le fil, pour aller au bout de ma suture.

Francis se débrouille pour rentrer souvent. Les autorités militaires prennent en compte son statut de jeune père, et lui octroient davantage de permissions, qui passent trop vite, entre câlins, copains et brouillons de pouponnage maladroit.

Les soirs où il n'est pas là, Nicole, exténuée, renonce souvent à faire le détour par le 37 pour embrasser sa fille, et contemple jusqu'à couler dans le sommeil la photo de son mariage, qu'elle a installée en bonne place sur le gros bahut oriental de Charlotte, ce colosse rapporté des colonies qu'elle a fini par récupérer, et qui prend toute la place dans la mansarde.

C'est la dernière photo. La seule dans la boîte à chaussures, sa boîte à souvenirs très privés, où figure mon père. La photo trait d'union, la photo en double, qui, à la même époque, trônait aussi sur le piano chez mes grands-parents...

C'était le 21 janvier 1965, un jour de neige abondante et tenace. Le cliché est pris devant la Rosemontoise, une auberge des Vosges spécialisée dans les noces et banquets, où les familles de la vallée laissaient quelques milliers de francs lourds par saison, pour célébrer tout événement qui pouvait donner lieu à quelque ripaille : fiançailles, mariages, baptêmes, communions, anniversaires, diplômes, noces de diamant, d'or, de papier. Sur la photo Nicole se trouve très jolie. La robe est très réussie, plutôt évasée, dissimulant parfaitement son début de grossesse, blanche.

Son petit minois est encapuchonné d'hermine, la fourrure soyeuse suit parfaitement l'ovale de son visage, lui donnant cet aspect de médaillon que les soldats portaient sur leur cœur en guise de pare-balles, ou que les poètes emportaient dans leurs voyages. Elle sourit, le regard assuré dans l'objectif, son menton pointu saillant au-dessus de la boutonnière de nacre, un bouquet d'anémones frileuses serré dans son giron, entre le cœur et le ventre. Oui, la mariée a belle allure. À côté, son très jeune mari est un peu flouté, il a dû bouger ; sa pose fait penser à quelqu'un qui aurait été pris d'un fou rire inopiné au moment où le photographe appuyait sur le déclencheur. C'est un plan large. Les mariés se tiennent au premier rang au centre ; autour s'étage l'invariable déclinaison : les petits devant, les grands derrière. Ils sont tous là : l'ORL et madame, Grace de Monaco et son prince, le comte et la comtesse... Conte de fées. En haut à droite est posté un couple qui dépare. On reconnaît Paulette et Victor ; elle, convaincue d'être à la page, arborant un chapeau à voilette, ce qui ne se faisait déjà plus, et lui en uniforme. La Brie est tout de même représentée, et Nicole ne leur pardonnera jamais de s'être jetés sur les profiteroles avec une goinfrerie qui lui a fait honte.

Pour l'heure elle s'endort sur l'image, satisfaite, rassurée, fière même peut-être. Elle espère seulement ne pas faire de rêves ; souvent, la nuit, elle est visitée par Charlotte gémissante ou par des pleurs de bébé.

À l'automne 1967, Nicole est de nouveau enceinte. Elle attend ma sœur, qui naîtra dans le mai d'après, le célèbre. La situation du couple s'est améliorée. Mon père a trouvé un poste de prof de gym dans le canton, et ma mère bénéficiera des congés maternité. Ils occupent maintenant un grand trois-pièces en ville, le 22, non loin du 37. J'habite enfin avec eux, il y a souvent des fêtes bruyantes et enfumées, que je perturbe en prétextant un gros mal de ventre pour faire baisser la musique et partir ces gens bizarres. Je fuguerai souvent au 37 pour prendre des goûters dignes de ce nom. Peut-être aussi pour fuir ces autres gens bizarres, mes parents.

À Nicole maintenant on dit madame, et ils vont bazarder la R8 pour s'acheter une R16...

Presque plus de fil.

Il reste à Nicole seize années à vivre, pendant lesquelles, en leur début, elle soignera nos coqueluches et passera son permis de conduire, m'apprendra à tricoter et verra enfin la mer, continuera à s'acheter des fringues hors de prix et à rater des plats. Elle ne saura jamais ni nager, ni skier, ni faire du vélo, et se moquera qu'on en plaisante. Elle fumera encore quelques hectares de tabac brun et vendra des glaces, puis des pianos. Elle s'abonnera à France-Loisirs – Guy des Cars, Henri Troyat. Elle ne répondra toujours pas à nos questions sur son enfance, son regard se perdant sans prévenir sur des rebords de fenêtre qui n'ouvraient sur rien... Elle nous enseignera comment sucer la pointe mielleuse des étamines de trèfle, et comment enlever une tache de cire avec le fer à repasser. Elle apprendra à danser le rock et la java, mais ne saura jamais distinguer une trompette d'un saxophone, elle découvrira Ferré et Ferrat, Mouloudji et Barbara, écoutés en cachette parce que son mari trouvait ça gnangnan, elle ne prendra jamais de femme de ménage, elle apprendra des tas de choses en se penchant l'air de rien sur nos livres et nos cahiers d'écolières.

Puis viendront les jours glaireux, les jours infirmes.

Les jours où la petite fourmi cheminant vaillamment, noir sur blanc, sur la céramique de l'évier, devient le soir, noir sur noir, araignée dans le plafond.

J'ai 9 ans.

Le 22 est maintenant équipé d'un poste de télévision, et Nicole, qui lit des magazines en papier glacé dans lesquels nous avons le droit de découper les jolies dames des publicités, est devenue une vraie professionnelle des réceptions avec plateaux-TV. Les Chipaux (palier face), les Wormser (3e étage), et les Prudent (2e gauche) envahissent notre rez-de-chaussée, et communient devant le récepteur avec Adamo et Jacques Chancel, en demi-cercle et tenues de soirée, engloutissant cathodiquement les amuse-gueules que Nicole leur propose à intervalles réguliers, pliée, courbée, ou fléchie chaque fois qu'elle passe devant l'écran, se livrant à une pantomime qui pourrait être grotesque si ma mère n'avait cette élégance de couleuvre. Souvent pendant ces soirées, elle n'est plus assise à côté de son mari, comme au temps d'avant la télé, quand Gilbert et Rose par exemple, invités au 22, les voyaient roucouler au fond du canapé, pelotonnés l'un contre l'autre devant la platine à vinyles. Pas d'images, juste des sons qui changent le monde.

Maintenant Nicole pose une fesse toujours mobile sur un coin de chaise dure, postée vers le couloir pour être plus près de la cuisine, mais surtout pour se tenir loin des sarcasmes, quand les hommes, finissant les cognacs et se mettant à parler choc pétrolier ou réforme monétaire, surjouent la caricature de leur sexe : « De toute façon t'y comprends jamais rien ! » Le refrain s'installe dans la maison. Quand Francis dit « Bécasse ! » à une de ses filles, c'est affectueux ; quand il dit « De toute façon t'y comprends jamais rien ! » à sa femme, c'est humiliant. Petit pois dans la tête, araignée dans le plafond.

Puis viendra le temps des colères et des silences au goût d'amanite.

J'ai 12 ans.

Les foyers français sont équipés à 79 % d'appareils de télévision, les voisins ont désormais le leur. Ça fait longtemps qu'on a marché sur la Lune, et Francis et Nicole en explorent douloureusement les cratères. Une fine suie noire nécrose les dîners où la télé est toujours allumée. La réunion devant le poste n'est plus une communion : le vin de messe est devenu pain quotidien, un bruit de fond. En payant la redevance on achète une digue contre les scènes de ménage. Qui cède souvent. Alors on nous expédie au lit sitôt avalée la dernière bouchée de Flanby, et à nos oreilles d'enfants pas fatiguées monte une gamme de sons commençant dans les aigus par la plainte de Nicole, pour se terminer dans l'aboiement furieux de Francis : « J'vais faire un Ballon ! » Bruit des clés qu'on empoigne, du blouson qu'on jette sur les épaules, de la porte qui claque, des pneus qui crissent, apnée silencieuse, puis reprise feutrée de la lamentation de Nicole, seule dans son beau salon, à sa place sur le canapé, côté boîte à tricot, hoquetant de détresse, honteuse sans savoir de quoi, incapable de décrocher le téléphone. Pour appeler qui ?

Toutes les trois nous restons dans un affût nocturne et solitaire, chacune au fond du puits des questions sans réponse, attendant, l'oreille brûlée de pressentiments terrifiants, que le moteur de la R16, plus tard de la Golf, feule de rage mal calmée en se rangeant sous les fenêtres du 22. Francis avait « fait un Ballon » ; il en revenait sain et sauf, rescapé des lacets et des congères. On pouvait enfin dormir.

Puis viendra le temps des mensonges qui iront grandissant comme un fleuve vers son delta boueux. Un autre refrain tisse sa toile dans la boîte crânienne de Madame D. : *Le prof de gym est un coureur de jupons...* Les épingles du Ballon plantent presque chaque soir leur chignon de malheur au-dessus du couple ; la toute nouvelle machine à laver se refuse à faire disparaître les traces de rimmel qui persistent sur les mouchoirs de Nicole et sur le col de ses chemisiers ; le tricot n'avance plus, abandonné.

J'ai 16 ans et j'ai tout compris.

Un cheveu roux et un anneau d'argent ont été trouvés sur le rebord de la baignoire au retour de vacances où Francis était resté en ville pour encadrer un stage de sport. Après avoir été la « Bâtarde » puis l'« Orpheline », Nicole est désormais la « Femme trompée », abandonnée.

C'est le temps de l'amour moribond, ce festin de choix pour les poètes et les charognards. Francis n'est plus très souvent à la maison, où s'installe un nouveau bourdon, lancinant, éreintant : « Ronge pas tes ongles. Finis ton assiette. »

J'ai 17 ans et c'est moi qui chante. Qui ressasse. Avec une voix vilaine.

Je suis devenue la mère de ma mère, je veille sur elle, je la distrais, je fais à manger, je l'écoute la nuit dans sa chambre, suffoquant dans l'épais nuage de Gitanes, quand elle soliloque des heures de son côté du grand lit. Elle a encore maigri – 44 ans, 44 kilos –, sur son drap bleu marine elle ressemble à une coquille de noix dans un océan de chagrin ; elle a oublié de passer l'aspirateur et de me faire réviser le bac. Sur la table de la cuisine, des médicaments aux noms inquiétants ont remplacé le mercurochrome et l'aspirine.

Quand j'ai lu les notices, j'ai vieilli d'un coup, et j'ai mis les numéros de l'hôpital et du médecin de famille dans mon cartable, pour les avoir toujours avec moi. La vie devient pendulaire, au rythme des translations de Francis, de notre rez-de-chaussée à son septième ciel, de la brune à la rousse.

J'écris ça : « Je suis devenue la mère de ma mère. » Dans l'autre livre, celui en bleu pour Camille, j'écrivais : « Je suis devenue l'enfant de ma fille. »

Matrices en vrac. Généalogies en toc.

Je ne sais pas si Nicole a pensé à Charlotte et Émile pour le naufrage de l'amour, à Fernand et Charlotte pour sa gloire adultère, mais je suis sûre que la panique de vivre l'a ressaisie. C'est la nuit tous les jours, et son devenir-phalène éclot. Elle se cogne contre les carreaux partout où il y a de la lumière.

Quand je la force à sortir pour boire un Pepsi au Central, il peut lui arriver d'aplatir son front sur le revers douteux d'un client, un paumé un peu poète, un pigeon un peu pervers.

C'est le temps dragéifié des illusions perdues, où elle réfugie ce qui lui reste de combat dans son petit corps détraqué, tantôt bonbon, tantôt épave, mais toujours subtil, nerveux, attractif.

J'ai 19 ans et demi et Francis ne revient plus.

C'est le temps de la dérive, couleur vendanges tardives, qui jettera Nicole sous l'Opinel de son assassin, une nuit de janvier où la neige floconnait impassiblement, tirant sur sa vie un lourd rideau de coton blanc.

Une petite cantate,
Du bout des doigts,
Obsédante et maladroite,
Monte vers toi,
Une petite cantate,
Que nous jouions autrefois,
Seule, je la joue, maladroite,
Si, mi, la, ré, sol, do, fa,
[…]
Mais tu es partie, fragile,
Vers l'au-delà,
Et je reste, malhabile,
Fa, sol, do, fa,

Il ne neigeait pas le soir de décembre où Camille est morte, mais l'hiver triomphait quand même en tourbillons de pluie glacée. Je dois les protéger du froid, mes autopsiées. Coudre, tricoter, tisser, œuvrer. Il m'arrive encore d'entendre le zip de leur housse mortuaire en PVC stérilisé, alors j'ai fait le pull en mohair à quatre manches longues ; j'ai fait le gros édredon bourré de plumes d'oies migratrices ; et j'ai fait l'oreiller brodé à leur chiffre – pas ceux de l'équation du début, celui des initiales entrelacées dans les serments. J'ai fait le lit des morts, afin qu'ils nous engendrent. Et puis pour elles, en extra, j'ai fabriqué le baldaquin avec moustiquaire, option diamants en rivières, avec voiles gonflés de gaze irisée et tour de lit juponnant, pour elles, mes princesses, mes belles au bois dormant, couturées siamoises dans mon amour inentamé.

Références de la bande-son

p. 41 : *À la Saint-Médard.* Paroles de Michel Vaucaire et musique de Rudi Revil (1953).
p. 46 : *Sur la route de Louviers.* Auteur anonyme du XIXe siècle.
p. 65 : *Aux marches du palais.* Auteurs anonymes du XVIIIe siècle.
p. 68 : *Ibid.*
p. 97 : *Les Roses blanches.* Paroles de Charles-Louis Pothier et musique de Léon Raiter.
p. 99 : Libre adaptation d'*Au pays des merveilles de Juliet.* Paroles et musique de Yves Simon (1973).
p. 112 : *Mon père m'a donné un mari.* Chant traditionnel normand, Loyset Compère, XVIe siècle.
p. 130 : *Jolie môme.* Paroles et musique de Léo Ferré (1960).
p. 172 : *La Gitane.* Paroles et musique de Léo Ferré (1964).
p. 204 : *Une petite cantate.* Paroles et musique de Barbara (1965).

Remerciements à Delphine Daull et Nicolas Salvador pour la Chaumière

À Frédéric Ferrer et Carole Thibaut pour la Picardie

À Laurence Garcia et Sam Mary pour La Ferrière.

À tous les acteurs de cette enquête, les complices et les autres.

Et que mes trois marraines soient aussi remerciées.

La reconnaissance de l'auteure va au Centre National du Livre pour son soutien.

Du même auteur :

Camille, mon envolée, Philippe Rey, 2015.

PAPIER À BASE DE
FIBRES CERTIFIÉES

Le Livre de Poche s'engage pour
l'environnement en réduisant
l'empreinte carbone de ses livres.
Celle de cet exemplaire est de :
250 g éq. CO_2
Rendez-vous sur
www.livredepoche-durable.fr

Composition réalisée par Lumina Datamatics, Inc.

Imprimé en France par CPI
en février 2018
N° d'impression : 3026881
Dépôt légal 1re publication : mars 2018
LIBRAIRIE GÉNÉRALE FRANÇAISE
21, rue du Montparnasse - 75298 Paris Cedex 06

85/1323/4